TRANZLATY

Sprache ist für alle da

A linguagem é para todos

Die Verwandlung
A Metamorfose

Franz Kafka

Deutsch
Português do Brasil

www.tranzlaty.com

Teil Eins
Parte Um

Gregor Samsa erwachte eines Morgens aus unruhigen Träumen.

Gregor Samsa acordou certa manhã de sonhos perturbadores.

Er befand sich in seinem Bett, konnte sich aber nicht bewegen.

Ele se viu em sua cama, mas incapaz de se mover.

Er war in ein monströses Ungeziefer verwandelt worden.

Ele havia se transformado em uma criatura monstruosa.

Er lag auf dem Rücken, der sich hart wie eine Rüstung anfühlte.

Ele estava deitado de costas, que estavam duras como uma armadura.

Indem er den Kopf ein wenig hob, konnte er seinen Bauch sehen.

Ao levantar um pouco a cabeça, ele conseguiu ver a própria barriga.

Sein Bauch aber war gewölbt und in Segmente unterteilt.

Mas sua barriga era abaulada e dividida em segmentos.

Die Decke lag auf seinem runden Bauch.

O cobertor estava sobre sua barriga arredondada.

Die Decke war jedoch kurz davor, ganz herunterzurutschen.

Mas o cobertor estava quase escorregando completamente.

Seine Beine wirkten im Vergleich zu ihrer üblichen Größe jämmerlich.

Suas pernas eram lamentáveis em comparação com seu tamanho normal.

Und seine vielen Beine flackerten hilflos vor seinen Augen.

E suas muitas pernas se agitaram impotentes diante de seus olhos.

„Was ist nur mit mir geschehen?", dachte er bei sich.

"O que aconteceu comigo?", pensou ele.

Aber es war kein Traum, aus dem er nicht erwachen konnte.

Mas não era um sonho do qual ele não conseguisse acordar.

Es war tatsächlich sein eigenes Zimmer, in dem er sich wiederfand.
Ele realmente se viu em seu próprio quarto.
Ein richtiges Zimmer für Menschen, aber leider etwas zu klein.
Um quarto de verdade para humanos, mas um pouco pequeno demais.
Er lag still zwischen den vier bekannten Mauern.
Ele jazia em silêncio entre as quatro paredes tão conhecidas.
Auf dem Tisch befand sich eine Sammlung von Textilmustern.
Sobre a mesa havia uma coleção de amostras de tecido.
Samsa war Handelsreisender, daher die Muster.
Samsa era um caixeiro-viajante, daí as amostras.
Über den auseinandergenommenen Textilproben hing ein Bild.
Acima das amostras têxteis desmontadas havia uma fotografia.
Er hatte das Bild erst vor Kurzem aus einer Zeitschrift ausgeschnitten.
Ele havia recortado a imagem de uma revista recentemente.
Er hatte das Bild in einen hübschen, vergoldeten Rahmen gefasst.
Ele havia colocado o quadro em uma moldura bonita e dourada.
Das gerahmte Bild zeigte eine aufrecht sitzende Dame.
A imagem emoldurada retratava uma senhora sentada ereta.
Sie trug eine Pelzmütze und hatte einen Pelzmuff.
Ela usava um chapéu de pele e um manguito de pele.
Sie hob ihre Hand in Richtung des Betrachters des Bildes.
Ela estava levantando a mão em direção ao espectador da foto.
Ihr ganzer Unterarm verschwand in ihrem schweren Pelzmuff.
Seu antebraço inteiro desapareceu em seu grosso manguito de pele.
Gregor blickte aus dem Fenster auf das trübe Wetter.
Gregor olhou pela janela para o tempo nublado.

Man konnte hören, wie schwere Regentropfen gegen das Fenster prasselten.
Era possível ouvir as gotas de chuva pesadas batendo na janela.
Das graue Wetter stimmte ihn sehr melancholisch.
O tempo cinzento o deixou muito melancólico.
„Wie wäre es, wenn ich noch ein bisschen länger schlafe?", dachte er.
"Que tal eu dormir mais um pouco?", pensou ele.
"Mehr Schlaf könnte mir helfen, diesen Unsinn zu vergessen."
"Dormir mais talvez me ajude a esquecer essa bobagem."
Länger zu schlafen war jedoch völlig unmöglich.
Mas dormir por mais tempo era completamente inviável.
Weil er es gewohnt war, auf seiner rechten Seite zu schlafen.
Porque ele estava acostumado a dormir do lado direito.
Sein aktueller Zustand schränkte jedoch seine üblichen Bewegungsfreiheiten ein.
Mas seu estado atual o impedia de realizar seus movimentos habituais.
Er hatte keine Möglichkeit, in diese Lage zu gelangen.
Ele não tinha como chegar a essa posição por conta própria.
Er versuchte sein Bestes, sich auf die rechte Seite zu werfen.
Ele fez o possível para se virar para o lado direito.
Er hat diese Bewegung wahrscheinlich hundertmal versucht.
Ele provavelmente tentou esse movimento cem vezes.
Aber er kippte immer wieder in die Rückenlage zurück.
Mas ele sempre voltava a ficar deitado de costas.
Er schloss die Augen, um seine unruhigen Beine nicht sehen zu müssen.
Ele fechou os olhos para não ver suas pernas inquietas.
Am Ende hinderten ihn seine Schmerzen daran, es noch einmal zu versuchen.
No fim, a dor o impediu de tentar novamente.
Ein dumpfer Schmerz in der Seite, den er noch nie zuvor gespürt hatte.

Uma dor surda na lateral do corpo, que ele nunca havia sentido antes.

„Oh Gott", dachte Gregor Samsa verzweifelt bei sich.

"Meu Deus", pensou Gregor Samsa, desesperado.

"Was für einen anstrengenden Beruf ich mir da doch ausgesucht habe!"

"Que profissão árdua eu escolhi para mim!"

„Ich muss beruflich Tag für Tag reisen."

"Dia após dia, tenho que viajar a trabalho."

„Büroarbeit ist viel einfacher als die Arbeit unterwegs."

"Trabalhar no escritório é muito mais fácil do que trabalhar na estrada."

„Und ich habe den Fluch, ständig reisen zu müssen."

"E eu tenho a maldição de ter que viajar por aí."

„Die ganze Sorge, die Züge nicht rechtzeitig zu verpassen."

"Toda a preocupação em chegar a tempo para os trens."

„Meine Mahlzeiten sind unregelmäßig und das Essen ist schlecht."

"Meus horários de refeição são irregulares e a comida é ruim."

„Meine Freunde wechseln ständig, je nachdem, wo ich hinziehe."

"Meus amigos estão sempre mudando de cidade."

„Meine Interaktionen sind kühl und professionell."

"As interações que tenho são frias e profissionais."

„Sollen sich doch die Teufel mit solchen Arbeiten vergnügen!"

"Que o Diabo se divirta com esse tipo de trabalho!"

Er verspürte ein leichtes Jucken im oberen Bereich seines Bauches.

Ele sentiu uma leve coceira na parte superior do estômago.

Er stemmte sich mit dem Rücken gegen den Bettpfosten.

Ele se encostou na cabeceira da cama, usando as costas.

Er wollte seinen Kopf besser heben können.

Ele queria conseguir levantar melhor a cabeça.

Er fand die juckende Stelle, die ihn plagte.

Ele encontrou o local que estava coçando e o incomodando.

Sein Kopf schien mit kleinen weißen Punkten bedeckt zu sein.

Sua cabeça parecia estar coberta de pequenos pontos brancos.

Was diese kleinen weißen Punkte waren, konnte er nicht sagen.

Ele não soube dizer o que eram aqueles pequenos pontos brancos.

Er hatte geplant, die Stelle mit einem seiner Beine zu berühren.

Ele planejava tocar o local com uma das pernas.

Doch als er die Stelle berührte, verspürte er ein seltsames Frösteln.

Mas quando ele tocou no local, sentiu um arrepio estranho.

Daraufhin zog er sein Bein sofort von der Stelle weg.

Então ele imediatamente afastou a perna do local.

Ihm blieb nichts anderes übrig, als das Jucken zu ertragen.

Ele não teve outra escolha senão aceitar a sensação de coceira.

Und er kehrte in seine vorherige Position im Bett zurück.

E ele retornou à sua posição anterior na cama.

„Wer so früh aufwacht, wird echt ziemlich dumm."

"Acordar tão cedo realmente deixa a gente meio burro."

„Ein Mann braucht genug Schlaf", dachte er sich.

"Um homem precisa dormir o suficiente", pensou ele consigo mesmo.

„Die anderen Handelsreisenden leben in Luxus."

"Os outros caixeiros-viajantes levam uma vida de luxo."

„Morgens übermittle ich die erhaltenen Bestellungen."

"De manhã, transfiro as encomendas que recebi."

„Währenddessen frühstücken die Herren noch."

"Enquanto isso, aqueles senhores ainda estão tomando o café da manhã."

„Stellen Sie sich nur vor, ich würde das bei meinem Chef versuchen."

"Imagine só se eu tentasse fazer isso com o meu chefe."

„Er würde mich feuern, bevor ich mit dem Frühstück fertig bin."

"Ele me demitiria antes mesmo de eu terminar meu café da manhã."

„Aber vielleicht wäre das auch nicht das Schlimmste."

"Mas talvez isso também não fosse a pior coisa do mundo."

„Das Problem ist, dass meine Eltern mich zurückhalten."

"O problema é que meus pais estão me impedindo de progredir."

„Ohne sie hätte ich schon längst gekündigt."

"Se não fosse por eles, eu já teria me demitido."

„Ich hätte mich dem Chef entgegengestellt und es ihm gesagt."

"Eu teria enfrentado o chefe e lhe dito tudo."

„Ich würde genau sagen, was ich von ihm und der Stelle halte."

"Eu diria exatamente o que penso dele e do trabalho."

„Er würde vom Schreibtisch fallen, wenn ich ihm alles erzählen würde!"

"Ele cairia da mesa se eu lhe contasse tudo!"

„Es ist sehr seltsam, wie er an seinem Schreibtisch sitzt."

"É muito estranho o jeito como ele se senta na mesa."

„Seine Art, mit seinen Untergebenen zu sprechen, ist nicht in Ordnung."

"A maneira como ele fala com seus subordinados não é correta."

„Und das Schlimmste ist, dass sein Gehör so schlecht ist."

"E o pior é que ele tem uma audição muito ruim."

„Sie haben also keine andere Wahl, als ganz nah bei ihm zu sitzen."

"Então você não tem outra escolha a não ser sentar-se bem perto dele."

„Aber trotz allem ist die Hoffnung noch nicht völlig verloren."

"Mas, dito isso, a esperança ainda não está completamente perdida."

„Ich werde das Geld sparen, um die Schulden meiner Eltern zu begleichen."

"Vou guardar o dinheiro para pagar a dívida dos meus pais."

„Ich kann nichts tun, solange sie ihm noch Geld schulden."

"Não posso fazer nada enquanto eles ainda lhe devem dinheiro."

„Aber wenn die Schulden beglichen sind, werde ich es auf jeden Fall tun."

"Mas quando a dívida for paga, com certeza farei isso."

„Es wird wahrscheinlich noch fünf bis sechs Jahre dauern."

"Provavelmente levará mais cinco ou seis anos."

"Ja, dann wird die große Trennung definitiv erfolgen."

"Sim, então a grande separação definitivamente acontecerá."

„Fürs Erste muss ich jedoch aufstehen."

"Por agora, porém, preciso sair da cama."

„Weil mein Zug um fünf Uhr abfährt."

"Porque meu trem vai partir às cinco horas."

Gregor blickte auf den tickenden Wecker auf dem Tisch.

Gregor olhou para o despertador que fazia tique-taque sobre a mesa.

"Himmlischer Vater!", dachte er, als er die Uhrzeit sah.

"Pai Celestial!", pensou ele ao ver as horas.

Halb sieben war schon still und leise vergangen.

Seis e meia já havia passado silenciosamente.

Und die Zeiger der Uhr bewegten sich immer weiter vorwärts.

E os ponteiros do relógio continuaram a se mover para a frente.

Es war nun fast Viertel vor sieben.

E agora o relógio se aproximava de sete menos um quarto.

"Vielleicht hat der Wecker nicht geklingelt, um mich zu wecken?", dachte er.

"Talvez o alarme não tenha tocado para me acordar?", pensou ele.

Von seinem Bett aus inspizierte Gregor den Wecker.

Da cama, Gregor examinou o despertador.

Der Wecker war korrekt auf vier Uhr eingestellt.

O despertador estava corretamente programado para as quatro horas.

Er konnte es sich nicht erklären, aber der Alarm musste losgegangen sein.

Ele não soube explicar, mas o alarme deve ter disparado.

"Wie konnte ich den Wecker verschlafen, ohne es zu merken?"

"Como é que eu consegui dormir sem perceber o alarme?"

Wenn der Alarm losgeht, wackeln sogar die Möbel.

Quando o alarme toca, chega a tremer os móveis.

Er wusste, dass sein Schlaf alles andere als ruhig gewesen war.

Ele sabia que seu sono não tinha sido nada tranquilo.

Aber vielleicht war das der Grund, warum sein Schlaf so viel tiefer war.

Mas talvez fosse por isso que seu sono era muito mais profundo.

Er musste darüber nachdenken, was er nun tun sollte.

Ele precisava pensar no que deveria fazer agora.

Der nächste Zug fuhr erst um sieben Uhr ab.

O próximo trem só partia às sete horas.

Diesen Zug zu erreichen, wäre nahezu unmöglich.

Pegar aquele trem seria praticamente impossível.

Und die benötigten Textilien hatte er noch nicht eingepackt.

E ele ainda não havia empacotado os tecidos de que precisava.

Er fühlte sich auch nicht besonders frisch und agil.

Ele também não se sentia particularmente disposto e ágil.

Vielleicht bestand die Möglichkeit, in den Zug einzusteigen.

Talvez houvesse uma chance de entrar no trem.

Doch ein Tadel vom Chef war so oder so unvermeidlich.

Mas uma bronca do chefe era inevitável de qualquer maneira.

Der Angestellte wäre in den Fünf-Uhr-Zug eingestiegen.

O funcionário teria embarcado no trem das cinco horas.

Der Büroangestellte war ein willensschwaches Werkzeug des Chefs.

O funcionário do escritório era uma criatura sem espinha dorsal, subserviente ao chefe.

Gregors Abwesenheit wäre also bereits gemeldet worden.

Assim, a ausência de Gregor já teria sido comunicada.

„Was wäre, wenn ich mich krankmelde?", überlegte Gregor.

"E se eu ligar dizendo que estou doente?", Gregor ponderou.

Das wäre aber äußerst peinlich und verdächtig.

Mas isso seria extremamente constrangedor e suspeito.

Gregor war in der gesamten Zeit, die er dort arbeitete, nie krank gewesen.

Gregor nunca havia ficado doente durante o tempo em que trabalhou lá.

Und er hatte ihnen bereits fünf Jahre Dienst geleistet.

E ele já lhes havia prestado cinco anos de serviço.

Die Chancen standen gut, dass der Chef vorbeikommen würde, um nach ihm zu sehen.

Era bem provável que o chefe viesse verificar como ele estava.

Er würde wahrscheinlich den Arzt der Krankenversicherung mitbringen.

Ele provavelmente traria o médico do plano de saúde.

Und er würde die Eltern für ihren faulen Sohn verantwortlich machen.

E ele culparia os pais pela preguiça do filho.

Sie könnten gegen ihn keine Einwände erheben.

Eles não seriam capazes de apresentar qualquer objeção a ele.

Denn für ihn gab es nur zwei Arten von Arbeitern.

Porque para ele só existiam dois tipos de trabalhadores.

Entweder waren die Arbeiter kerngesund oder arbeitsscheu.

Ou os trabalhadores eram completamente saudáveis, ou tinham aversão ao trabalho.

Und läge er mit dieser grundlegenden Analyse überhaupt falsch?

E será que ele estaria errado nessa análise básica?

In diesem Fall hatte er sicherlich ein starkes Argument.

Certamente, neste caso, ele tinha um argumento forte.

Trotz seines Aussehens fühlte sich Gregor tatsächlich recht wohl.

Apesar da aparência, Gregor na verdade se sentia muito bem.

Der unnötig lange Schlaf hatte ihn etwas schläfrig gemacht.

O sono prolongado desnecessário o deixou um pouco sonolento.

Abgesehen davon konnte er sich aber über keine Krankheit beklagen.
Mas, tirando isso, ele não podia se queixar de nenhuma doença.
Er verspürte sogar einen besonders starken und gesunden Hunger.
Ele até sentiu uma fome particularmente forte e saudável.
Während er diesen Gedanken nachging, schlug die Uhr erneut.
Enquanto ele refletia sobre esses pensamentos, o relógio bateu novamente.
Laut Alarm war es jetzt Viertel vor sieben.
Segundo o alarme, eram agora menos um quarto das sete.
Und nun klopfte es auch leise an der Tür.
E então ouviu-se também uma batida suave na porta.
„Gregor", rief ihm jemand zu – es war die Mutter.
"Gregor", alguém o chamou – era a mãe.
„Es ist Viertel vor sieben", bestätigte sie den Alarm.
"São quase sete", confirmou ela o alarme.
"Wolltest du nicht gehen?", fragte die sanfte Stimme.
"Você não queria ir embora?", perguntou a voz suave.
Gregor erschrak, als er seine eigene Stimme antworten hörte.
Gregor ficou assustado ao ouvir sua voz respondendo.
Es war immer noch dieselbe Stimme, die er schon immer hatte.
A voz continuava sendo a mesma de sempre.
Doch nun mischte sich ein neuer Klang in seine Stimme.
Mas agora havia um novo som misturado à sua voz.
Tief aus seinem Inneren entfuhr ihm auch ein schmerzhafter Schrei.
De dentro dele também saiu um guincho doloroso.
Zunächst schien seine Stimme die Worte klar zu formen.
A princípio, sua voz parecia formar palavras com clareza.
Doch dann hörte Gregor das Echo seiner Stimme in seinem Kopf.
Mas então Gregor ouviu o eco mental de sua voz.

**Die Aufnahme seiner Stimme ist auf seltsame Weise
zerbrochen.**
A gravação da voz dele apresentou uma falha estranha.
Und er war sich nicht sicher, ob er richtig gehört hatte.
E ele não tinha certeza se tinha ouvido as coisas corretamente.
**Gregor verspürte den starken Wunsch, eine ausführliche
Antwort zu geben.**
Gregor sentiu um forte desejo de dar uma resposta detalhada.
Er wollte seiner Mutter alles genau erklären.
Ele queria explicar tudo claramente para sua mãe.
Doch angesichts der Umstände musste er sich einschränken.
Mas, dadas as circunstâncias, ele teve que se limitar.
Und er antwortete viel kürzer, als er es gern getan hätte.
E ele respondeu de forma muito mais curta do que gostaria.
"Ja, Mutter, keine Sorge, danke, ich bin schon wach."
"Sim, mãe, não se preocupe, obrigada, eu já estou acordada."
**Die Holztür trug vermutlich dazu bei, seine Stimme zu
dämpfen.**
A porta de madeira provavelmente ajudou a abafar sua voz.
**Draußen blieb die Veränderung in Gregors Stimme
unbemerkt.**
Do lado de fora, a mudança na voz de Gregor passou
despercebida.
Die Mutter schien mit seiner Erklärung zufrieden zu sein.
A mãe pareceu ficar satisfeita com a explicação dele.
Und sie ging genauso leise wieder, wie sie gekommen war.
E ela partiu tão silenciosamente quanto havia chegado.
Doch das kurze Gespräch hatte eine unerwünschte Folge.
Mas a pequena conversa teve um efeito indesejado.
**Er erregte die Aufmerksamkeit der anderen
Familienmitglieder.**
Ele chamou a atenção dos outros membros da família.
Gregor war noch zu Hause und nicht zur Arbeit gegangen.
Gregor ainda estava em casa e não tinha ido trabalhar.
Und nun klopfte auch der Vater an die Seitentür.
E então o pai também bateu na porta lateral.
Er klopfte schwach, aber entschlossen mit der Faust.

Ele bateu com o punho, de forma fraca, mas determinada.

„Gregor, Gregor", rief er, „was ist das Problem?"

"Gregor, Gregor", ele gritou, "qual é o problema?"

Nach einer Weile warnte er erneut, diesmal mit tieferer Stimme.

Após alguns instantes, ele advertiu novamente, em voz mais grave.

Doch nun klopfte die Schwester an die andere Tür.

Mas, do outro lado da porta, a irmã bateu.

"Gregor? Geht es dir nicht gut?", fragte sie leise.

"Gregor? Você não está se sentindo bem?", perguntou ela em voz baixa.

„Brauchen Sie irgendetwas?", fragte sie besorgt.

"Há algo de que você precise?", perguntou ela, preocupada.

Gregor antwortete beiden Seiten: „Ich bin schon fertig."

Gregor respondeu aos dois lados: "Já terminei."

Er hatte sich größte Mühe gegeben, alle Wörter sorgfältig auszusprechen.

Ele havia se esforçado ao máximo para pronunciar todas as palavras com cuidado.

Und er entfernte alles Auffällige aus seiner Stimme.

E ele removeu tudo o que era perceptível em sua voz.

Auch der Vater schien mit der Antwort zufrieden zu sein.

O pai também pareceu satisfeito com a resposta.

Und er kehrte zu seinem unvollendeten Frühstück zurück.

E ele voltou para o seu café da manhã inacabado.

Doch die Schwester flüsterte: „Gregor, mach auf, ich flehe dich an."

Mas a irmã sussurrou: "Gregor, abra a boca, eu imploro."

Doch ihre Sorge um ihn konnte ihn in keiner Weise bewegen.

Mas a preocupação dela por ele não o comoveu de forma alguma.

Gregor hatte nicht die Absicht, ihr die Tür zu öffnen.

Gregor não tinha nenhuma intenção de abrir a porta para ela.

Durch seine Reisen hatte er sich einige vorsichtige Gewohnheiten angeeignet.

Ele havia adquirido alguns hábitos cautelosos por causa das viagens.

Und er lobte sich selbst dafür, die Türen abgeschlossen zu haben.

E ele se elogiou por ter trancado as portas.

Zunächst wollte er in Ruhe und in seinem eigenen Tempo aufstehen.

Primeiro, ele queria se levantar silenciosamente, no seu próprio tempo.

Und er wollte sich ungestört anziehen.

E, sem ser incomodado, quis se vestir.

Nachdem er das geschafft hatte, wollte er frühstücken.

Feito isso, ele quis tomar o café da manhã.

Erst dann wollte er die Situation weiter überdenken.

Só então ele quis analisar a situação mais a fundo.

Er wusste, dass es sinnlos war, im Bett Pläne zu schmieden.

Ele sabia que não adiantava fazer planos na cama.

Zu einem vernünftigen Schluss zu gelangen, wäre unmöglich.

Seria impossível chegar a uma conclusão sensata.

Es gab schon andere Male, da war er mit leichten Schmerzen aufgewacht.

Houve outras ocasiões em que ele acordou com dores leves.

Diese Schmerzen erwiesen sich stets als reine Einbildung.

Essas dores sempre se revelavam pura imaginação.

Beim Aufstehen verschwanden die Schmerzen ausnahmslos.

Ao levantar da cama, a dor invariavelmente desaparecia.

Er war neugierig, was mit diesen Ideen geschehen würde.

Ele estava curioso para ver o que aconteceria com essas ideias.

Die Veränderung seiner Stimme war wahrscheinlich nur auf eine Erkältung zurückzuführen.

A mudança na voz dele provavelmente foi apenas por causa de um resfriado.

Erkältungen sind für Reisende einfach ein Berufsrisiko.

Resfriados são apenas um risco inerente à profissão de viajante.

Er hatte keinen Zweifel daran, dass dies die logische Erklärung war.

Ele não tinha dúvidas de que essa era a explicação lógica.

Es gelang ihm mühelos, die Decke von sich zu streifen.

Tirar o cobertor de cima dele foi uma tarefa fácil.

Er musste nur einatmen und sich aufblasen.

Tudo o que ele precisava fazer era inspirar e inflar o corpo.

Die Decke rutschte von seinem Körper und landete auf dem Boden.

O cobertor escorregou de seu corpo e caiu no chão.

Sein unglaublich breiter Körperbau erschwerte auch andere Dinge.

Seu corpo incrivelmente largo dificultava outras coisas.

Er hätte Arme und Hände gebraucht, um aufzustehen.

Ele precisaria de braços e mãos para se levantar.

Aber er hatte nicht mehr die Gliedmaßen, die er früher gehabt hatte.

Mas ele não tinha mais os membros que costumava ter.

Anstelle von Armen und Händen hatte er viele kleine Beine.

Em vez de braços e mãos, ele tinha muitas perninhas.

Und seine Beine bewegten sich ständig, ohne dass er es kontrollieren konnte.

E suas pernas se moviam constantemente, sem que ele as controlasse.

Er versuchte, ein Bein zu beugen, aber stattdessen streckte es sich.

Ele tentou dobrar uma das pernas, mas em vez disso, ela se esticou.

Schließlich gelang es ihm, ein Bein unter seine Kontrolle zu bringen.

Ele finalmente conseguiu controlar uma das pernas.

Doch dann wurde die Bewegung der anderen Beine freigegeben.

Mas então o movimento das outras pernas foi liberado.

Und seine Beine zuckten vor lauter Aufregung.

E todas as suas pernas se contraíram em extrema excitação.

Zuerst wollte er seinen Unterkörper aus dem Bett bekommen.
Primeiro, ele quis tirar a parte inferior do corpo da cama.
Seinen Unterkörper hatte er aber noch nicht gesehen.
Mas ele ainda não tinha visto a parte inferior do corpo dele.
Und es erwies sich ohnehin als zu schwierig, diesen Teil zu versetzen.
E, de qualquer forma, mover essa peça se mostrou muito difícil.
Schließlich wagte er mit all seiner Kraft einen waghalsigen Schritt.
Finalmente, com todas as suas forças, ele fez um movimento brusco.
Ohne weiter zu zögern, trat er vorwärts.
Sem mais hesitar, ele avançou.
Doch er hatte die falsche Richtung eingeschlagen.
Mas ele havia escolhido a direção errada.
Er schlug mit voller Wucht mit dem Körper gegen den unteren Bettpfosten.
Ele bateu violentamente o corpo contra o poste inferior da cama.
Der brennende Schmerz, den er empfand, lehrte ihn eine wertvolle Lektion.
A dor lancinante que ele sentiu lhe ensinou uma lição valiosa.
Sein Unterkörper war vielleicht empfindlicher.
A parte inferior do corpo dele talvez fosse mais sensível.
Also versuchte er zuerst, seinen Oberkörper aus dem Bett zu bekommen.
Então ele tentou tirar primeiro a parte superior do corpo da cama.
Er drehte seinen Kopf vorsichtig in die richtige Richtung.
Ele virou a cabeça cuidadosamente na direção correta.
Und schon bald lag sein Kopf am Bettrand.
E logo sua cabeça estava virada para a beira da cama.
Diese vorsichtige Vorgehensweise fiel ihm tatsächlich leicht.
Esse movimento cauteloso foi, na verdade, fácil para ele.

Und weder seine Breite noch sein Gewicht hinderten ihn an seinen Bewegungen.

E sua largura e peso não impediram seus movimentos.

Die Masse seines Körpers folgte langsam der Drehung des Kopfes.

A massa do seu corpo acompanhou lentamente o movimento da cabeça.

Doch dann streckte er den Kopf über die Bettkante.

Mas então ele ergueu a cabeça para fora da beira da cama.

Und er sah sich einer neuen Angst gegenüber, über die er noch nicht nachgedacht hatte.

E ele se deparou com um novo medo sobre o qual ainda não havia pensado.

Ein weiteres Vorgehen in dieser Richtung könnte gefährlich sein.

Prosseguir dessa forma pode ser perigoso.

Er hatte gedacht, er würde sich einfach fallen lassen.

Ele pensava que simplesmente ia se deixar levar.

Es wäre aber ein Wunder, wenn er sich dabei nicht am Kopf verletzen würde.

Mas seria um milagre se ele não machucasse a cabeça.

Jetzt war nicht der richtige Zeitpunkt, um ein Bewusstseinsverlustrisiko einzugehen.

Agora não era hora de arriscar perder a consciência.

Vielleicht wäre es doch besser, im Bett zu bleiben.

Talvez seja melhor ficar na cama, afinal.

Doch dann musste er denselben Aufwand betreiben, um zurückzukehren.

Mas depois ele teve que fazer o mesmo esforço para voltar.

Nach all der Mühe lag er da, genau wie zuvor.

Após todo aquele esforço, ele continuava deitado ali, exatamente como antes.

Und nun schienen seine Beine noch wütender zu sein als zuvor.

E agora suas pernas pareciam ainda mais irritadas do que antes.

Die Bewegungen seiner Beine waren noch unkontrollierbarer geworden.
Os movimentos de sua perna haviam se tornado ainda mais incontroláveis.
Er sah keinen Ausweg aus seiner Situation.
Ele não via saída para a situação em que se encontrava.
Aus diesem Chaos konnte kein Frieden und keine Ordnung hergestellt werden.
A paz e a ordem não puderam ser restabelecidas em meio ao caos.
Aber er wusste, dass auch im Bett zu bleiben keine Option war.
Mas ele sabia que ficar na cama também não era uma opção.
Alles zu opfern war die vernünftigste Option.
Sacrificar tudo era a opção mais sensata.
Er klammerte sich an den kleinsten Hoffnungsschimmer, jemals wieder aufstehen zu können.
Ele se agarrou à mais tênue esperança de sair da cama.
Wenn ihm das gelingt, hat sich das ganze Risiko gelohnt.
Se ele conseguisse, todo o risco teria valido a pena.
Doch gleichzeitig erinnerte er sich auch an etwas anderes.
Mas, ao mesmo tempo, ele também se lembrou de outra coisa.
„Besser als verzweifelte Entscheidungen sind ruhige Überlegungen."
"Reflexões serenas são melhores do que decisões desesperadas."
Mit aller Kraft konzentrierte er seinen Blick auf das Fenster.
Com todo o seu esforço, ele concentrou o olhar na janela.
Doch was er sah, stimmte ihn wenig zuversichtlich und erfreute ihn nicht.
Mas o que ele viu lhe trouxe pouca confiança e alegria.
Der Morgennebel hüllte die gesamte enge Straße ein.
A névoa da manhã cobria toda a rua estreita.
Der Wecker klingelte erneut; es war nun sieben Uhr.
O despertador tocou novamente; agora eram sete horas.
„Es ist bereits sieben Uhr und es ist immer noch so neblig."
"Já são sete horas e ainda há muita neblina."

Eine Zeitlang lag er still da und atmete nur schwach.

Por um tempo ele ficou deitado em silêncio, respirando apenas fracamente.

Vielleicht würde etwas Ruhe eine gewisse Normalität herbeiführen.

Talvez um pouco de tranquilidade trouxesse alguma normalidade.

Völliges Schweigen könnte die wahren Zustände herbeiführen.

O silêncio absoluto poderia criar as condições reais.

Doch bevor die Uhr erneut schlug, durchbrach er das Schweigen.

Mas antes que o relógio batesse novamente, ele quebrou o silêncio.

Bevor die Uhr wieder schlägt, muss ich aus dem Bett sein.

"Antes que o despertador bata novamente, preciso estar fora da cama."

„Ich muss bis dahin unbedingt komplett aus dem Bett sein.“

"Até lá, eu preciso estar completamente fora da cama."

„Nach Viertel nach sieben schickt das Büro jemanden.“

"Depois das sete e quinze, o escritório enviará alguém."

„Weil das Büro vor sieben Uhr öffnete.“

"Porque o escritório abriu antes das sete horas."

Und nun begann er, seinen Körper aus dem Bett zu schaukeln.

E então ele começou a se impulsionar para fora da cama.

Er hatte aufgehört, sich auf seinen Ober- oder Unterkörper zu konzentrieren.

Ele havia deixado de se concentrar na parte superior ou inferior do corpo.

Sein ganzer Körper musste aus dem Bett herausragen.

Ele teve que sair da cama por completo, de todo o comprimento do seu corpo.

Bei einem Sturz in diese Richtung sollte sein Kopf geschützt sein, dachte er.

Cair dessa forma deve proteger sua cabeça, pensou ele.

Er hatte geplant, den Kopf zu heben, sobald er auf dem Boden aufschlug.

Ele havia planejado levantar a cabeça ao atingir o chão.

Sein Rücken schien hart genug für den Aufprall zu sein.

A parte posterior do corpo dele parecia suficientemente rígida para absorver o impacto.

Und der Teppich diente dazu, die Landung abzufedern.

E o tapete estava ali para amortecer a aterrissagem.

Seine größte Sorge galt jedoch dem Lärm.

Sua maior preocupação, no entanto, era o barulho alto.

Das krachende Geräusch würde alle im Haus erschrecken.

O estrondo assustaria todos na casa.

Vielleicht hätten sie keine Angst vor dem lauten Lärm.

Talvez eles não se assustassem com o barulho alto.

Aber sie wären mit Sicherheit besorgt, wenn sie davon hörten.

Mas certamente ficariam preocupados se soubessem.

Man musste aber das Risiko eingehen, Aufmerksamkeit zu erregen.

Mas era preciso correr o risco de atrair atenção.

Die neue Methode war eher ein Spiel als eine Anstrengung.

O novo método era mais uma brincadeira do que um esforço.

Er musste seinen Körper in plötzlichen und ruckartigen Bewegungen hin und her wiegen.

Ele teve que balançar o corpo em movimentos súbitos e bruscos.

Gregor war schon halb aus dem Bett aufgestanden.

Gregor já tinha saído da cama pela metade.

Nun kam ihm gerade ein neuer Gedanke.

Nesse momento, um novo pensamento lhe ocorreu.

„Es wäre alles so einfach, wenn mir jemand zu Hilfe käme."

"Seria tudo tão fácil se alguém viesse em meu auxílio."

„Zwei kräftige Personen würden völlig ausreichen."

"Duas pessoas fortes seriam perfeitamente suficientes."

Sein Vater und das Dienstmädchen wären stark genug.

Seu pai e a empregada seriam fortes o suficiente.

Sie müssten nur ihre Arme unter seinen Rücken schieben.

Eles só precisariam deslizar os braços por baixo das costas dele.

Und dann könnten sie ihn ganz leicht aus dem Bett ziehen.

E então eles poderiam facilmente tirá-lo da cama.

Vielleicht hätten sie sein Gewicht langsam reduzieren müssen.

Talvez tivessem que diminuir o peso dele gradualmente.

Hoffentlich hätten die Beine dann ihren Zweck gefunden.

Tomara que, então, as pernas tivessem encontrado sua função.

Wäre es nicht letztendlich besser, um Hilfe zu rufen?

"Afinal, não seria melhor pedir ajuda?"

Das Problem war natürlich, dass er die Türen abgeschlossen hatte.

O problema, claro, era que ele havia trancado as portas.

Irgendwie hatte der Gedanke etwas, das ihn amüsierte.

Havia algo naquela ideia que o divertia.

Und trotz seiner Notlage konnte er sich ein Lächeln nicht verkneifen.

E apesar das dificuldades, ele não conseguiu conter um sorriso.

Er war schon kurz davor, das Gleichgewicht zu verlieren.

Ele já estava perto de perder o equilíbrio.

Mit jedem Schwung kam er dem Umkippen vom Bett näher.

A cada balanço, ele ficava mais perto de cair da cama.

Bald musste er die endgültige Entscheidung treffen.

Em breve ele teria que tomar a decisão final.

In fünf Minuten würde es Viertel nach sieben sein.

Em cinco minutos seriam sete e quinze.

Während er diesen Gedanken nachging, klingelte es an der Tür.

Enquanto ele pensava nisso, a campainha tocou.

„Das ist jemand aus dem Büro", sagte er zu sich selbst.

"Essa pessoa é do escritório", disse para si mesmo.

Und er erstarrte fast vor Angst angesichts des Besuchers.

E ele quase congelou de medo por causa do visitante.

Seine Beine tanzten noch wilder als zuvor.

Suas pernas se moviam com ainda mais descontrole do que antes.

Doch dann herrschte einen Moment lang Stille.

Mas então, por um instante, tudo ficou em silêncio.

„Sie werden die Tür nicht öffnen", sagte Gregor zu sich selbst.

"Eles não vão abrir a porta", disse Gregor para si mesmo.

Er war noch immer einer sinnlosen Hoffnung verfallen.

Ele ainda estava preso a uma esperança sem sentido.

Doch dann ging das Dienstmädchen natürlich zur Tür.

Mas então, é claro, a empregada caminhou até a porta.

Und wie immer öffnete sie dem Besucher die Tür.

E, como sempre, ela abriu a porta para o visitante.

Gregor brauchte nur die erste Begrüßung des Besuchers zu hören.

Gregor só precisava ouvir a primeira saudação do visitante.

Er konnte sofort erkennen, wer ihn gesucht hatte.

Ele percebeu imediatamente quem tinha vindo buscá-lo.

Der Hauptschreiber selbst war gekommen, um nach Samsa zu sehen.

O próprio chefe de escritório tinha vindo verificar como estava Samsa.

Warum war Gregor der Einzige, der zu diesem Schicksal verurteilt wurde?

Por que Gregor foi o único condenado a esse destino?

Warum musste ausgerechnet er in einer solchen Organisation dienen?

Por que só ele teve que servir em uma organização assim?

Das geringste Versehen weckte sofort Misstrauen.

O menor descuido despertava imediatamente suspeitas.

Waren alle Angestellten, die dort arbeiteten, Schurken?

Todos os funcionários que trabalhavam lá eram canalhas?

Gab es denn keinen treuen und ergebenen Menschen unter ihnen?

Não havia entre eles nenhuma pessoa fiel e dedicada?

Hätten sie nicht einfach einen Lehrling schicken können?

Não podiam simplesmente ter enviado um aprendiz?

War diese ganze Infragestellung überhaupt notwendig?
Será que todo esse questionamento era realmente necessário?
Musste der Bevollmächtigte persönlich erscheinen?
O representante autorizado teve que vir pessoalmente?
Musste wirklich die gesamte unschuldige Familie informiert werden?
Será que toda a família inocente precisava ser informada?
All diese Überlegungen veranlassten Gregor zum Handeln.
Todas essas considerações levaram Gregor à ação.
Er schwang sich mit aller Kraft aus dem Bett.
Ele se lançou para fora da cama com toda a sua força.
Es gab einen lauten Knall, aber es war eigentlich kein richtiges Geräusch.
Houve um estrondo alto, mas não foi bem um barulho.
Der Fall wurde durch den Teppich etwas abgemildert.
A queda foi ligeiramente amortecida pelo tapete.
Sein Rücken war elastischer, als Gregor angenommen hatte.
Suas costas eram mais elásticas do que Gregor imaginava.
Der Klang war also dumpfer und nicht so auffällig.
Assim, o som ficou mais abafado e menos perceptível.
Doch er hatte seinen Kopf während des Sturzes nicht geschützt.
Mas ele não cuidou da cabeça durante a queda.
Und als er auf den Boden aufschlug, schlug er auch mit dem Kopf auf.
E quando ele caiu no chão, bateu também com a cabeça.
Er rieb sich vor Wut und Schmerz den Kopf am Teppich.
Ele esfregou a cabeça no tapete, tomado pela raiva e pela dor.
Der Manager im Nachbarzimmer hörte jedoch den Lärm.
Mas o gerente da sala ao lado ouviu o barulho.
„Da ist etwas hineingefallen", stellte er richtig fest.
"Algo caiu ali dentro", observou ele corretamente.
Gregor versuchte, sich den Manager in seine Lage zu versetzen.
Gregor tentou imaginar o gerente em sua situação.
„Könnte ihm dasselbe passieren?", fragte er sich.
"Será que a mesma coisa poderia acontecer com ele?", pensou.

Er akzeptierte, dass dieses seltsame Ereignis möglich sein könnte.

Ele aceitou que esse estranho acontecimento fosse possível.

Und dann ging der Hauptsekretär ein paar Schritte in den Raum.

E então o chefe de gabinete deu alguns passos em direção à sala.

Es war fast schon eine plumpe Antwort auf seine Frage.

Foi quase uma resposta grosseira à pergunta que ele fez.

Seine Lederstiefel knarrten, als er sich der Tür näherte.

Suas botas de couro rangeram quando ele se aproximou da porta.

Aus dem Zimmer zu seiner Rechten flüsterte ihm seine Magd zu.

Do quarto à sua direita, sua criada sussurrou algo para ele.

„Gregor, der Bevollmächtigte, ist hier."

"Gregor, o representante autorizado está aqui."

„Ich weiß", sagte Gregor, aber nur leise zu sich selbst.

"Eu sei", disse Gregor, mas apenas em voz baixa para si mesmo.

Er wagte es nicht, seine Stimme lauter als ein Flüstern zu erheben.

Ele não se atreveu a levantar a voz acima de um sussurro.

Weil Gregor nicht wollte, dass seine Schwester ihn hörte.

Porque Gregor não queria que sua irmã o ouvisse.

„Gregor", sagte der Vater aus dem Zimmer links.

"Gregor", disse o pai, da sala à esquerda.

Der Manager ist gekommen, um nach dem Rechten zu sehen.

"O gerente veio verificar qual é o problema."

„Er fragte, warum du nicht den frühen Zug genommen hast."

"Ele perguntou por que você não partiu no trem mais cedo."

„Wir wissen nicht, was wir ihm sagen sollen", sagte der Vater.

"Não sabemos o que dizer para ele", disse o pai.

„Übrigens möchte er auch persönlich mit Ihnen sprechen."

"Aliás, ele também quer falar com você pessoalmente."
„Bitte öffnen Sie die Tür, damit er mit Ihnen sprechen kann."
"Por favor, abra a porta para que ele possa falar com você."
„Er wird so freundlich sein, das Chaos im Zimmer zu entschuldigen."
"Ele terá a gentileza de desculpar a bagunça no quarto."
"Guten Morgen, Herr Samsa", rief ihm der Manager zu.
"Bom dia, Sr. Samsa", disse o gerente para ele.
Und er sprach ganz gewiss in freundlicher Weise mit ihm.
E, sem dúvida, ele falou com ele de maneira amigável.
„Es geht ihm nicht gut", sagte die Mutter zum Manager.
"Ele não está bem", disse a mãe ao gerente.
„Es geht ihm überhaupt nicht gut, glauben Sie mir, lieber Manager."
"Ele não está nada bem, acredite em mim, caro gerente."
"Warum sonst sollte Gregor den Morgenzug verpassen?"
"Por que mais Gregor perderia o trem da manhã?"
„Der Junge hat nichts anderes im Kopf als das Geschäft."
"O rapaz só pensa nos negócios."
„Es ärgert mich fast, dass er nichts anderes tut."
"Chega a me irritar que ele não faça mais nada."
„Ich wünschte, er würde abends an die frische Luft gehen."
"Gostaria que ele saísse à noite para tomar ar fresco."
„Er war acht Tage geschäftlich in der Stadt."
"Ele esteve na cidade por oito dias a negócios."
„Aber er war ja jeden dieser Abende zu Hause."
"Mas ele estava em casa todas essas noites."
„Er sitzt an unserem Tisch und liest die Zeitung."
"Ele senta-se à nossa mesa e lê o jornal."
„Manchmal studiert er auch die Fahrpläne der Züge."
"Em outras ocasiões, ele estuda os horários dos trens."
„Manchmal beschäftigt er sich mit Tischlerarbeiten."
"Às vezes ele se mantém ocupado com trabalhos de carpintaria."
„Zum Beispiel schnitzte er einen kleinen Bilderrahmen aus Holz."

"Por exemplo, ele esculpiu uma pequena moldura de madeira para um quadro."

„An zwei oder drei Abenden war er mit der Säge beschäftigt."

"Durante duas ou três noites, ele esteve ocupado com a serra."

„Sie werden staunen, wie hübsch der Bilderrahmen ist."

"Você ficará surpreso com a beleza da moldura."

„Er hat den Bilderrahmen in seinem Zimmer aufgehängt."

"Ele pendurou o quadro na parede do quarto dele."

„Wenn er die Tür öffnet, werden Sie seine Holzarbeiten sehen."

"Quando ele abrir a porta, você verá o seu trabalho em madeira."

„Übrigens freut es mich, dass Sie hier sind, Herr Prokurist."

"A propósito, fico feliz que esteja aqui, Sr. Prokurist."

„Wir allein hätten Gregor nicht dazu bringen können, die Tür zu öffnen."

"Nós sozinhos não teríamos conseguido fazer Gregor abrir a porta."

„Er ist so stur", gestand seine Mutter dem Angestellten.

"Ele é tão teimoso", confessou a mãe ao atendente.

„Er ist ganz sicher krank, obwohl er das vorher bestritten hat."

"Ele certamente não está bem, embora tenha negado isso antes."

„Ich komme gleich", sagte Gregor langsam und bedächtig.

"Já estou indo", disse Gregor devagar e com cuidado.

Doch er machte keine Anstalten, sich der Tür des Zimmers zuzuwenden.

Mas ele não fez nenhum movimento em direção à porta do quarto.

Er wollte kein Wort des Gesprächs verpassen.

Ele não queria perder uma palavra sequer da conversa.

Der Hauptsekretär stimmte der Einschätzung der Mutter zu.

O chefe de gabinete concordou com a avaliação da mãe.

"Ich kann es Ihnen auch nicht anders erklären, Madam."

"Não consigo explicar de outra forma, senhora."

„Hoffen wir alle, dass er keine schwere Krankheit hat",
sagte er.

"Vamos todos torcer para que ele não tenha nenhuma doença
grave", disse ele.

„Andererseits stellt es eine Gefahr in unserer Branche dar."

"Por outro lado, é um risco em nosso setor."

„Wir Geschäftsleute müssen oft Unannehmlichkeiten
überwinden."

"Nós, empresários, muitas vezes temos que superar o
desconforto."

„Profis müssen leichte Schmerzen einfach aushalten."

"Os profissionais precisam apenas superar pequenas dores."

Währenddessen klopfte sein Vater erneut an die andere Tür.

Entretanto, seu pai bateu novamente na outra porta.

„Kann der Hauptsekretär jetzt hereinkommen?", wollte er
wissen.

"O chefe de escritório pode entrar agora?", perguntou ele.

"Nein, das kann er nicht", antwortete Gregor auf die Frage
seines Vaters.

"Não, ele não pode", respondeu Gregor à pergunta de seu pai.

Im Raum links von uns herrschte betretenes Schweigen.

Um silêncio constrangedor pairou na sala à esquerda.

Im Zimmer rechts begann die Schwester zu schluchzen.

No quarto à direita, a irmã começou a soluçar.

Warum war die Schwester nicht zu den anderen gegangen?

Por que a irmã não foi ficar com as outras?

Sie war wahrscheinlich gerade erst aufgestanden, dachte er.

Ela provavelmente tinha acabado de sair da cama, pensou ele.

Vielleicht hatte sie noch gar nicht angefangen, sich
anzuziehen.

Ela pode nem ter começado a se vestir ainda.

Gregor aber verstand nicht, warum sie weinte.

Mas Gregor não conseguia entender por que ela estava
chorando.

Lag es daran, dass er nicht aufgestanden war und den
Manager hereingelassen hatte?

Será que foi porque ele não se levantou e deixou o treinador entrar?

Lag es daran, dass er Gefahr lief, seinen Job zu verlieren?

Será que foi porque ele corria o risco de perder o emprego?

Könnte der Chef wie früher gegen die Eltern vorgehen?

Será que o chefe vai perseguir os pais como antes?

Würde er seine alten Forderungen an sie wiederholen?

Será que ele ia repetir as mesmas exigências de sempre?

Diese Dinge waren wahrscheinlich unnötig.

Provavelmente não precisávamos nos preocupar com essas coisas.

Im Moment hatte sie keinen Grund zu weinen.

Por enquanto, ela não tinha motivos para chorar.

Gregor war noch da und sorgte für seine Familie.

Gregor ainda estava aqui, sustentando a família.

Und er hatte nie die Absicht, die Familie zu verlassen.

E ele nunca teve a intenção de abandonar a família.

Im Moment lag er einfach nur da auf dem Teppich.

Por enquanto, ele ficou apenas deitado no tapete.

Die Familie wusste nichts von seinem Zustand.

A família não sabia em que estado ele se encontrava.

Hätten sie das gewusst, hätten sie seinen Chef nicht ermutigt.

Se eles soubessem, não teriam encorajado o chefe dele.

Sie hätten nicht einmal den Manager ins Haus gelassen.

Eles nem sequer teriam deixado o gerente entrar na casa.

Ihn abzuweisen wäre nicht besonders unhöflich gewesen.

Recusá-lo a entrar não teria sido particularmente rude.

Er hätte später problemlos eine passende Ausrede finden können.

Ele poderia facilmente ter encontrado uma desculpa adequada mais tarde.

Dafür hätte er nicht entlassen werden können.

Não era algo que justificasse sua demissão.

Gregor war der Ansicht, dass es jetzt vernünftiger wäre, allein gelassen zu werden.

Gregor achou que, naquele momento, seria mais sensato ficar sozinho.

Ihn durch Weinen und Reden zu stören, brachte wenig.

Perturbá-lo com choro e conversa pouco adiantou.

Doch die anderen beunruhigte die Ungewissheit.

Mas era a incerteza que incomodava os outros.

Und genau diese Unsicherheit entschuldigte ihr Verhalten.

E foi essa incerteza que justificou o comportamento deles.

„Herr Samsa!", rief der Manager mit erhobener Stimme.

"Sr. Samsa", chamou o gerente em voz alta.

„Was ist los mit dir?", wollte er wissen.

"O que está acontecendo com você?", ele quis saber.

„Du hast dich in deinem Zimmer verbarrikadiert."

"Você se trancou no seu quarto."

„Sie antworten nur mit ‚Ja' oder ‚Nein'."

"Você responde apenas com 'sim' ou 'não'."

„Du bereitest deinen Eltern große Sorgen."

"Você está causando sérias preocupações aos seus pais."

„Ich sehe keinen guten Grund, warum Sie sie beunruhigen sollten."

"Não vejo um bom motivo para você preocupá-los."

„Es gibt da noch eine Sache, die ich nebenbei erwähnen möchte."

"Há mais uma coisa que mencionarei de passagem."

„Sie vernachlässigen auch Ihre geschäftlichen Pflichten uns gegenüber."

"Você também está negligenciando suas obrigações comerciais para conosco."

„Eine solche Verantwortungslosigkeit entspricht so gar nicht Ihrem Charakter."

"Essa irresponsabilidade é totalmente atípica para você."

„Ich spreche hier im Namen Ihrer Eltern und Ihres Chefs."

"Falo aqui em nome de seus pais e de seu chefe."

„Und ich bitte Sie um eine sofortige und klare Erklärung."

"E eu lhe peço uma explicação imediata e clara."

„Das Ganze erstaunt mich wirklich, das muss ich sagen."

"Devo dizer que tudo isso realmente me surpreende."

„Ich dachte, ich kenne dich als ruhigen und vernünftigen Menschen.“
"Eu pensava que te conhecia como uma pessoa calma e sensata."
„Aber jetzt zeigst du uns eine andere Seite von dir.“
"Mas agora você está nos mostrando um lado diferente de você."
„Plötzlich zeigst du deine ganz eigenen Launen.“
"De repente, você está demonstrando seus caprichos muito peculiares."
„Aber es könnte eine Erklärung für Ihr Scheitern geben.“
"Mas pode haver uma explicação para o seu fracasso."
„Der Chef erwähnte eine Forderung, die Sie für uns eingetrieben hatten.“
"O chefe mencionou uma dívida que você havia cobrado para nós."
"Ich habe dem Chef in Ihrem Namen mein Ehrenwort gegeben."
"Dei minha palavra de honra ao chefe em seu nome."
„Aber jetzt sehe ich deine unverständliche Sturheit.“
"Mas agora eu entendo sua incompreensível teimosia."
"Vielleicht verliere ich auch noch jegliche Lust, dir überhaupt zu helfen."
"Ainda posso perder completamente a vontade de te ajudar."
„Ihre Arbeitsplatzsicherheit ist keineswegs völlig stabil.“
"Sua segurança no emprego não é de forma alguma totalmente estável."
„Eigentlich wollte ich euch das alles unter vier Augen erzählen.“
"Originalmente, minha intenção era contar tudo isso a vocês em particular."
„Aber jetzt sehe ich, dass Sie wollen, dass ich hier meine Zeit verschwende.“
"Mas agora vejo que você quer que eu perca meu tempo aqui."
„Ich sehe also keinen Grund, warum deine Eltern das nicht wissen sollten.“

"Portanto, não vejo motivo algum para que seus pais não saibam."

„Ihre Leistungen in letzter Zeit waren nicht zufriedenstellend."

"Seu desempenho recente não tem sido satisfatório."

„Ich räume ein, dass die Verkäufe zu dieser Jahreszeit langsamer laufen."

"Reconheço que as vendas são mais lentas nesta época do ano."

„Aber es gibt keine Jahreszeit, in der es keine Verkäufe gibt."

"Mas não existe época do ano em que não haja vendas."

Für einen Moment vergaß Gregor alles um sich herum.

Por um instante, Gregor esqueceu tudo ao seu redor.

„Aber Herr Prokurist!", rief Gregor verzweifelt aus.

"Mas, senhor Prokurist", exclamou Gregor, em desespero.

"Ich öffne die Tür sofort, jetzt gleich, keine Sorge."

"Vou abrir a porta agora mesmo, não se preocupe."

„Das Problem ist, dass ich mich ziemlich unwohl fühle."

"O problema é que tenho me sentido muito mal."

„Mir war schwindelig, deshalb konnte ich die Tür nicht erreichen."

"A tontura me impediu de chegar à porta."

„Ich liege zwar noch im Bett, aber es geht mir schon viel besser."

"Ainda estou deitada na cama, mas me sinto muito melhor."

"Einen Moment bitte, ich stehe gerade erst auf."

"Só um momento, por favor, estou me levantando da cama."

"Einen Moment Geduld, Herr Prokurist, ist alles, worum ich bitte."

"Só peço um momento de paciência, Sr. Prokurist."

„Es läuft nicht so gut, wie ich dachte, aber ich werde es schon schaffen."

"Não está indo tão bem quanto eu pensava, mas vou ficar bem."

"Wie kann so etwas einem Menschen so schnell passieren?"

"Como é possível que uma coisa dessas aconteça a uma pessoa tão rapidamente?"
„Mir ging es gestern Abend gut, das wissen meine Eltern."
"Eu estava me sentindo bem ontem à noite, meus pais sabem disso."
„Aber vielleicht hatte ich damals schon eine kleine Vorahnung."
"Mas talvez eu já tivesse uma pequena premonição naquela época."
„Man könnte sich fragen, warum ich es nicht im Büro gemeldet habe."
"Você pode se perguntar por que eu não relatei isso no escritório."
„Ich dachte, ich würde mich morgen früh wieder viel besser fühlen."
"Pensei que me sentiria muito melhor pela manhã."
„Man denkt immer, dass sie die Krankheit bis dahin besiegt haben werden."
"A gente sempre pensa que vai vencer a doença até lá."
„Aber bitte! Verschonen Sie meine Eltern vor diesen Anschuldigungen!"
"Mas, por favor! Poupem meus pais dessas acusações!"
„Mir wurde kein Wort von dem erzählt, was Sie mir erzählt haben."
"Não me disseram uma palavra sobre o que você me contou."
„Sie haben möglicherweise die letzten von mir versandten Befehle nicht gelesen."
"Talvez você não tenha lido as últimas ordens que enviei."
„Übrigens, du brauchst dir heute keine Sorgen um mich zu machen."
"Aliás, você não precisa se preocupar comigo hoje."
„Ich werde trotzdem den Zug um acht Uhr nehmen."
"Ainda vou pegar o trem das oito horas."
„Die wenigen Stunden Ruhe haben mich ausreichend gestärkt."
"Essas poucas horas de descanso me fortaleceram o suficiente."
"Sie müssen wirklich nicht warten, Manager."

"Não há necessidade de esperar, gerente."
„Auch ich werde schon bald im Büro sein."
"Eu também estarei no escritório muito em breve."
"Und bitte seien Sie so freundlich, ein gutes Wort für mich einzulegen."
"E, por favor, tenha a gentileza de falar bem de mim."
Gregor hatte seine Erklärung recht hastig vorgetragen.
Gregor havia proferido sua explicação de forma bastante apressada.
Er wusste selbst kaum, was er eigentlich sagen wollte.
Ele mal sabia o que estava tentando dizer.
Er ging zu der Kiste und versuchte, sich daran hochzuziehen.
Ele foi até a caixa e tentou usá-la para se levantar.
Er hatte wirklich die feste Absicht, die Tür zu öffnen.
Ele tinha mesmo toda a intenção de abrir a porta.
Er wollte vom Bevollmächtigten empfangen werden.
Ele queria ser atendido pelo representante autorizado.
Und er wollte das Problem persönlich mit ihm lösen.
E ele queria resolver o problema pessoalmente com ele.
Er war gespannt darauf, wie die anderen auf ihn reagieren würden.
Ele estava ansioso para saber como os outros reagiriam a ele.
Sie sind bestimmt inzwischen auch gespannt darauf, wie es ihm geht.
A esta altura, eles também devem estar ansiosos para saber como ele está.
Es gab zwei mögliche Arten, wie sie auf ihn reagieren konnten.
Havia duas maneiras possíveis pelas quais eles poderiam reagir a ele.
Eine Möglichkeit war, dass sie Angst bekommen würden.
Uma possibilidade era que eles ficassem assustados.
Wenn sie Angst hatten, dann trug er keine Verantwortung.
Se eles ficaram com medo, então ele não tinha responsabilidade alguma.

Und dann müsste er sich keine Sorgen mehr um die Situation machen.

E então ele não precisaria se preocupar com a situação.

Es gab aber auch noch eine andere Möglichkeit, die man in Betracht ziehen musste.

Mas havia também outra possibilidade a considerar.

Vielleicht würden sie ihn so, wie er war, einfach hinnehmen.

Talvez eles o aceitassem calmamente do jeito que ele era.

Dann hätte auch Gregor keinen Grund, sich aufzuregen.

Então Gregor também não teria motivo para ficar chateado.

Es bliebe noch genügend Zeit, den Zug zu erreichen.

Ainda haveria tempo suficiente para pegar o trem.

Das Aufrechtstehen war jedoch alles andere als einfach.

No entanto, manter-se ereto não era, de forma alguma, uma tarefa fácil.

Bei seinen ersten Versuchen rutschte er von der Kiste ab.

Nas suas primeiras tentativas, ele escorregou da caixa.

Die Kiste war zu glatt, als dass er sich dagegen stemmen konnte.

A caixa era lisa demais para que ele conseguisse se apoiar nela.

Und schließlich gab er sich noch einen letzten Anstoß, um aufzustehen.

E finalmente, ele se esforçou uma última vez para se levantar.

Er schenkte den Schmerzen in seinem Bauch keine Beachtung mehr.

Ele deixou de dar importância à dor no abdômen.

Egal wie groß der Schmerz sein würde, er würde es durchstehen.

Não importava a intensidade da dor, ele a superaria.

Er ließ sich gegen die Lehne eines nahegelegenen Stuhls fallen.

Ele se deixou cair contra o encosto de uma cadeira próxima.

Und er hielt sich mit seinen kleinen Beinchen am Rand fest.

E ele se agarrou às bordas com suas perninhas.

Zu diesem Zeitpunkt hatte er sich besser im Griff.

A essa altura, ele já havia adquirido mais autocontrole.

Und sein Fall war stiller als der vorherige.

E sua queda foi mais silenciosa que a anterior.

Weil er dem Manager zuhören musste.

Porque ele teve que ouvir o que o gerente disse.

„Habt ihr irgendetwas davon verstanden?", fragte er die Eltern.

"Vocês entenderam alguma coisa?", perguntou ele aos pais.

"Er würde uns doch nicht zum Narren halten, oder?"

"Ele não nos faria de bobos, faria?"

„Um Gottes Willen!", rief die Mutter und weinte bereits.

"Pelo amor de Deus!", exclamou a mãe, já chorando.

„Er könnte schwer krank sein und wir quälen ihn."

"Ele pode estar gravemente doente e nós o estamos atormentando."

"Grete! Grete!", schrie sie ihrer Tochter zu.

"Grete! Grete!" ela gritou para a filha.

„Mutter?", rief die Schwester von der anderen Seite.

"Mãe?" chamou a irmã do outro lado.

Dann kommunizierten sie durch Gregors Zimmer.

Então eles se comunicaram através do quarto de Gregor.

„Gregor ist sehr krank und braucht Medikamente."

"Gregor está muito doente e precisa tomar remédios."

„Sie müssen sofort zum Arzt gehen."

"Você terá que ir ao médico imediatamente."

Hast du gehört, wie Gregor eben gesprochen hat?

"Você ouviu o jeito que Gregor falou agora há pouco?"

„Das war die Stimme eines Tieres", sagte der Manager.

"Essa era a voz de um animal", disse o gerente.

Seine Worte waren leise im Vergleich zu den Schreien der Mutter.

Suas palavras eram suaves em comparação aos gritos da mãe.

"Anna! Anna!", rief der Vater durch das Vorzimmer.

"Ana! Ana!" chamou o pai pela antessala.

Und er klatschte in die Hände, um ihre Aufmerksamkeit zu erregen.

E bateu palmas para chamar a atenção deles.

"Holt sofort einen Schlüsseldienst!", befahl er dem Dienstmädchen.

"Chame um chaveiro imediatamente!", ordenou ele à empregada.

Die Mädchen rannten in ihren Röcken durch das Vorzimmer.

As meninas, de saias, correram pela antessala.

Und ihre Röcke raschelten, als sie an seinem Zimmer vorbeiliefen.

E suas saias farfalharam enquanto elas corriam em frente ao quarto dele.

„Wie konnte sich die Schwester so schnell anziehen?", dachte er.

"Como é que a irmã se vestiu tão depressa?", pensou ele.

Die Tür war aufgerissen, aber nicht zugeschlagen.

A porta foi arrancada, mas não foi fechada com força.

Dies kommt häufig in Haushalten vor, in denen ein großes Unglück geschieht.

Isso é comum em lares onde ocorre uma grande desgraça.

All das hatte Gregor jedoch deutlich ruhiger gemacht.

Mas tudo isso fez com que Gregor ficasse muito mais calmo.

Als er seine eigenen Worte hörte, erschienen sie ihm klar.

Quando ouviu suas próprias palavras, elas lhe pareceram claras.

Tatsächlich war er der Ansicht, seine Worte seien eigentlich klarer gewesen.

Na verdade, ele sentiu que suas palavras haviam sido ainda mais claras.

Die anderen aber verstanden nicht mehr, was er sagte.

Mas os outros já não entendiam o que ele estava dizendo.

Vielleicht hatte er sich inzwischen an seine Ohren gewöhnt.

Talvez ele já tivesse se acostumado com suas orelhas.

Aber zumindest verstanden sie seine Situation jetzt besser.

Mas pelo menos agora eles entendiam melhor a situação dele.

Sie erkannten, dass mit ihm tatsächlich etwas nicht stimmte.

Eles perceberam que realmente havia algo errado com ele.

Und sie taten nun alles, was sie konnten, um ihm zu helfen.

E agora eles estavam fazendo tudo o que podiam para ajudá-
lo.
**Dies gab Gregor ein Gefühl des Selbstvertrauens, das ihm
gefehlt hatte.**
Isso deu a Gregor uma sensação de confiança que lhe faltava.
Und er fühlte sich in der Familie wieder viel sicherer.
E ele se sentiu muito mais seguro novamente na família.
**Er hatte das Gefühl, wieder in den menschlichen Kreis
aufgenommen zu sein.**
Ele sentiu que estava novamente incluído no círculo humano.
**Nun musste er hoffen, dass der Schlüsseldienst die Tür
öffnen konnte.**
Agora ele só podia torcer para que o chaveiro conseguisse
abrir a porta.
Und er hoffte, der Arzt könne solche Aufgaben ausführen.
E ele esperava que o médico pudesse realizar tais tarefas.
Er würde bald wieder mehr reden müssen.
Ele teria que falar novamente em breve.
Seine Stimme musste so klar wie möglich sein.
Sua voz teria que ser o mais clara possível.
Zur Vorbereitung auf das Treffen räusperte er sich.
Para se preparar para a reunião, ele pigarreou.
Er bemühte sich jedoch, nur sehr leise zu husten.
No entanto, ele fez o possível para tossir bem baixinho.
**Das Geräusch klang möglicherweise anders als ein
menschlicher Husten.**
O ruído pode ter soado diferente de uma tosse humana.
**Er wusste, dass er solche Dinge nicht mehr unterscheiden
konnte.**
Ele sabia que já não conseguia diferenciar essas coisas.
Im Nebenzimmer war es vollkommen still geworden.
Na sala ao lado, tudo ficou completamente silencioso.
Die Eltern saßen wahrscheinlich am Tisch.
Os pais provavelmente estavam sentados à mesa.
Möglicherweise flüsterten sie mit dem Manager.
Eles podem ter estado cochichando com o gerente.
Vielleicht lehnten alle an der Tür und lauschten.

Talvez todos estivessem encostados na porta, ouvindo.

Gregor schob den Stuhl langsam in Richtung Tür.

Gregor empurrou lentamente a cadeira em direção à porta.

Er stemmte sich gegen die Tür und hielt sich aufrecht.

Ele empurrou a porta e se manteve em pé.

Er stellte fest, dass sich an seinen Fußsohlen ein wenig Klebstoff befand.

Ele descobriu que as almofadas dos seus pés tinham um pouco de cola.

Und er ruhte sich dort einen Moment lang von der Anstrengung aus.

E ali descansou por um instante, aliviado do esforço.

Nachdem er sich ausreichend ausgeruht hatte, begann er mit der nächsten Aufgabe.

Após descansar o suficiente, ele começou a próxima tarefa.

Er begann, den Schlüssel mit dem Mund im Schloss zu drehen.

Ele começou a girar a chave na fechadura com a boca.

Leider schien er gar keine Zähne zu haben.

Infelizmente, ao que parece, ele não tinha dentes de verdade.

Aber welche andere Möglichkeit hätte er gehabt, an die Schlüssel zu gelangen?

Mas que outra maneira ele tinha de pegar as chaves?

Zum Glück für ihn waren seine Kiefer natürlich sehr kräftig.

Felizmente para ele, suas mandíbulas eram, obviamente, muito fortes.

Mit Hilfe seiner Kiefermuskeln brachte er den Schlüssel tatsächlich in Bewegung.

Com a ajuda de suas mandíbulas, ele realmente conseguiu mover a chave.

Er hatte keinen Zweifel daran, dass er sich damit auch selbst schadete.

Ele não tinha dúvidas de que também estava se prejudicando.

Weil eine braune Flüssigkeit aus seinem Mund kam.

Porque um líquido marrom estava saindo de sua boca.

Die braune Flüssigkeit ergoss sich über den Schlüssel und die Tür hinunter.

O líquido marrom escorreu pela chave e pela porta.

Aber Gregor kümmerte es nicht, dass er sich selbst schadete.

Mas Gregor não se importava de estar se machucando.

„Können Sie das hören?", fragte der Manager im Nebenraum.

"Você consegue ouvir isso?", perguntou o gerente na sala ao lado.

„Er dreht den Schlüssel um", hatte der Manager bemerkt.

"Ele está girando a chave", percebeu o gerente.

Diese Worte waren eine große Ermutigung für Gregor.

Essas palavras foram um grande incentivo para Gregor.

Aber auch Vater und Mutter hätten rufen sollen:

Mas o pai e a mãe também deveriam ter gritado:

„Gut gemacht, Gregor!", hätten sie ihm zurufen sollen.

"Ótimo, Gregor!", deveriam ter gritado para ele.

„Immer weiter, immer weiter am Schlüssel drehen, du schaffst das."

"Continue, continue girando essa chave, você consegue."

Stattdessen musste Gregor sich ihre Begeisterung vorstellen.

Mas, em vez disso, Gregor teve que imaginar a empolgação deles.

Er presste die Zähne zusammen mit aller Kraft, die er hatte.

Ele cerrou os dentes com toda a força que tinha.

Und er drehte den Schlüssel weiter im Schloss.

E ele continuou girando a chave na fechadura.

Sein Körper wand sich schmerzhaft im Kreis.

Com muita dor, seu corpo se contorceu em círculos.

Er konnte sich nur noch mit dem Mund aufrecht halten.

Ele agora se mantinha em pé usando apenas a boca.

Um den Schlüssel weiterzudrehen, drückte er gegen die Tür.

Para continuar girando a chave, ele pressionou a porta.

Schließlich weckte das Knacken des Schlosses Gregor wieder auf.

Finalmente, o estalo da fechadura despertou Gregor novamente.

„Ich brauchte also keinen Schlüsseldienst", seufzte er erleichtert.

"Então eu não precisei do chaveiro", suspirou ele, aliviado.

Jetzt musste er nur noch die Tür öffnen, die er aufgeschlossen hatte.

Agora ele só precisava abrir a porta que havia destrancado.

Und mit dem Kopf auf dem Türgriff öffnete er die Tür.

E com a cabeça apoiada na maçaneta, ele abriu a porta.

Er befand sich hinter der Tür, die in sein Zimmer führte.

Ele estava atrás da porta, que dava para o seu quarto.

Die Tür war also schon offen, bevor man ihn sehen konnte.

Portanto, a porta já estava aberta antes mesmo que ele pudesse ser visto.

Als Nächstes musste er sich um die Tür herummanövrieren.

Em seguida, ele teve que manobrar para contornar a própria porta.

Diese schwierige Bewegung erforderte auch viel Mühe.

Essa difícil movimentação também exigiu muito esforço.

Er wollte nicht ungeschickt in den nächsten Raum fallen.

Ele não queria cair desajeitadamente no quarto ao lado.

So hatte er keine Zeit, sich auf irgendetwas anderes zu konzentrieren.

Assim, ele não tinha tempo para prestar atenção a mais nada.

Doch dann hörte er den Hauptsekretär laut „Oh!" ausrufen.

Mas então ele ouviu o chefe de escritório exclamar um sonoro "Oh!"

Es klang, als würde der Wind durchs Haus rauschen.

Parecia que o vento estava soprando forte pela casa.

Er war zufällig derjenige, der der Tür am nächsten stand.

Por acaso, ele era quem estava mais perto da porta.

Und als er ihn nun sah, presste er die Hand an den Mund.

E agora, ao vê-lo, levou a mão à boca.

Langsam bewegte er sich rückwärts, weg von Gregor.

Ele recuou lentamente, afastando-se de Gregor.

Aber es war, als ob eine unsichtbare Kraft auf ihn einwirkte.

Mas era como se uma força invisível estivesse agindo sobre ele.

Das Erste, was die Mutter tat, war, den Vater anzusehen.

A primeira coisa que a mãe fez foi olhar para o pai.

Trotz der Anwesenheit des Managers war ihr Haar zerzaust.
Apesar da presença do gerente, seu cabelo estava despenteado.
Sie verschränkte die Arme und machte zwei Schritte nach vorn.
Ela desdobrou os braços e deu dois passos para a frente.
Doch dann brach sie mitten in ihrem Rock zusammen.
Mas então ela desmaiou no meio da saia.
Ihr Kleid breitete sich um sie herum auf dem Boden aus.
Seu vestido se espalhou por todo o chão ao seu redor.
Und ihr Kopf verschwand auf ihren eigenen Brüsten.
E a cabeça dela desapareceu sobre os próprios seios.
Der Vater ballte mit feindseligem Gesichtsausdruck die Faust.
O pai cerrou o punho com uma expressão hostil.
Er schien Gregor zurück in sein Zimmer drängen zu wollen.
Ele parecia querer que Gregor fosse mandado de volta para o quarto.
Dann blickte er unsicher im Wohnzimmer umher.
Ele então olhou ao redor da sala de estar, demonstrando incerteza.
Und schließlich bedeckte er seine Augen mit den Händen.
E, por fim, cobriu os olhos com as mãos.
Und er weinte bitterlich, bis seine mächtige Brust erbebte.
E ele chorou amargamente até que seu peito poderoso tremesse.
Gregor betrat ihr Zimmer tatsächlich gar nicht.
Gregor, na verdade, não entrou no quarto deles.
Stattdessen lehnte er sich an den Türrahmen.
Em vez disso, encostou-se ao batente da porta.
Von außen war nur die Hälfte seines Körpers sichtbar.
Apenas metade do seu corpo estava visível para quem estava do lado de fora.
Und auf seinem Körper befand sich sein Kopf, zur Seite geneigt.
E sobre o seu corpo estava a sua cabeça, inclinada para o lado.
Das Licht war inzwischen viel heller geworden als zuvor.

A essa altura, a luz já estava muito mais brilhante do que antes.

Man konnte nun deutlich die andere Straßenseite sehen.

Agora era possível ver claramente o outro lado da rua.

Ein Teil des endlosen, grauen Krankenhauses gab sich zu erkennen.

Uma parte do interminável e cinzento hospital foi revelada.

Der Morgenregen hatte noch nicht ganz aufgehört.

A chuva da manhã ainda não havia parado completamente.

Doch nun waren die Regentropfen größer und weiter voneinander entfernt.

Mas agora as gotas de chuva eram maiores e mais espaçadas.

Das Frühstücksbuffet war in Hülle und Fülle vorhanden.

Os pratos do café da manhã estavam em abundância na mesa.

Der Vater hielt das Frühstück für die wichtigste Mahlzeit.

O pai considerava o café da manhã a refeição mais importante.

Das Frühstück war eine Mahlzeit, die er stundenlang in die Länge zog.

O café da manhã era uma refeição que ele prolongava por horas.

Und in diesen Stunden las er die verschiedenen Zeitungen.

E nessas horas ele lia os diversos jornais.

Direkt gegenüber hing ein Foto von Gregor.

Na parede oposta, havia uma fotografia de Gregor.

Das Foto an der Wand zeigte ihn als Leutnant.

A fotografia na parede o mostrava como tenente.

Es war ein Foto aus seiner Zeit beim Militär.

Era uma foto da época em que ele estava no exército.

Seine Hand ruhte auf seinem Schwert, und er hatte ein unbeschwertes Lächeln im Gesicht.

Sua mão estava sobre a espada, e ele tinha um sorriso despreocupado.

Seine Haltung und seine Uniform flößten einen gewissen Respekt ein.

Sua postura e seu uniforme inspiravam certo respeito.

Die andere Tür, die zum Vorzimmer führte, war ebenfalls offen.

A outra porta que dava para a antessala também estava aberta.

Und die Tür zur Wohnung war auch noch offen.

E a porta do apartamento ainda estava aberta.

Man konnte bis zum Vorhof des Wohnhauses sehen.

Era possível ver toda a extensão até o pátio da frente do apartamento.

Und dann führte die Treppe hinunter auf die Straße.

E então a escadaria dava para a rua lá embaixo.

Gregor war der Einzige, der die Fassung bewahrt hatte.

Gregor foi o único que manteve a compostura.

Er hat das gesehen, daher lag die Verantwortung für das Gespräch bei ihm.

Ele viu isso, então a conversa era de sua responsabilidade.

"So, ich werde mich jetzt für die Arbeit anziehen", sagte er.

"Bem, agora vou me vestir para o trabalho", disse ele.

„Sobald ich die Textilmuster verpackt habe, werde ich abreisen."

"Depois de embalar as amostras de tecido, irei embora."

"Beabsichtigen Sie immer noch, mich zu entlassen, Herr Prokurist?"

"O senhor ainda pretende me demitir, Sr. Procurador?"

„Wie Sie sehen, bin ich nicht so stur, wie Sie dachten."

"Como você pode ver, eu não sou tão teimoso quanto você pensava."

„Und Sie können sehen, dass ich doch gerne arbeite."

"E você pode ver que, afinal, eu gosto de trabalhar."

„Ich kann zugeben, dass Reisen aus beruflichen Gründen nicht einfach ist."

"Posso admitir que viajar a trabalho não é fácil."

„Aber ich kann auch akzeptieren, dass es Teil meines Jobs ist."

"Mas também posso aceitar que isso faz parte do meu trabalho."

"Manager, wo gehen Sie hin? Zurück ins Büro?"

"Gerente, para onde você vai? De volta ao escritório?"

„Werden Sie alles, was Sie gesehen haben, wahrheitsgemäß berichten?"

"Você vai relatar honestamente tudo o que viu?"
„Manchmal kommt es vor, dass man nicht zur Arbeit gehen kann."
"Às vezes acontece de alguém não poder ir trabalhar."
„Das ist der richtige Zeitpunkt, um sich an vergangene Erfolge zu erinnern."
"Esse é o momento certo para relembrar as conquistas do passado."
„Nachdem die Schwierigkeit beseitigt wurde, funktioniert es sogar noch besser."
"Depois de eliminar a dificuldade, o trabalho fica ainda melhor."
„Mein Fleiß und meine Konzentration werden zunehmen."
"Minha diligência e concentração irão aumentar."
"Sie wissen ganz genau, dass ich dem Chef etwas schulde."
"Você sabe muito bem que tenho uma dívida de gratidão com o chefe."
„Aber ich mache mir auch Sorgen um meine Eltern und meine Schwester."
"Mas também estou preocupado com meus pais e minha irmã."
„Ich stecke in einer schwierigen Lage, aber ich werde einen Weg finden, da wieder herauszukommen."
"Estou numa situação difícil, mas vou dar um jeito de sair dela."
„Macht es nicht noch schwieriger, als es ohnehin schon ist."
"Não torne isso mais difícil do que já é."
„Als Kollegen müssen wir uns auch gegenseitig helfen."
"Como colegas de trabalho, também temos que nos ajudar mutuamente."
„Ich weiß, dass die Büroangestellten die Reisenden nicht mögen."
"Eu sei que os funcionários de escritório não gostam dos viajantes."
„Ihr glaubt, wir verdienen ein Vermögen und führen ein gutes Leben."

"Você acha que ganhamos uma fortuna e levamos uma vida boa."

„Sie haben keinen wirklichen Grund, ihre Vorurteile zu hinterfragen."

"Eles não têm nenhum motivo real para reconsiderar seus preconceitos."

„Sie als befugter Beamter haben jedoch eine andere Rolle."

"Mas você, agente autorizado, tem um papel diferente."

„Sie haben einen besseren Überblick als die anderen Mitarbeiter."

"Você tem uma visão geral melhor do que os outros funcionários."

„Tatsächlich glaube ich, dass Sie den besten Überblick haben."

"Na verdade, acho que você pode ter a melhor visão geral."

„Sie haben einen besseren Überblick als der Chef selbst."

"Você tem uma visão geral melhor do que o próprio chefe."

„Ich gebe zu, dass der Chef die unternehmerische Arbeit leistet."

"Admito que o chefe realiza o trabalho empreendedor."

„Aber es ist leicht, dass seine Urteile in die Irre geführt werden."

"Mas é fácil que seus julgamentos sejam induzidos a erros."

„Und diese kleinen Fehleinschätzungen können uns zum Nachteil gereichen."

"E esses pequenos erros de julgamento podem ser prejudiciais para nós."

„Sie wissen ja, wie leicht es ist, über den Reisenden zu sprechen."

"Você sabe como é fácil falar sobre o viajante."

„Er ist nicht da, um seinen Ruf vor Gerüchten zu verteidigen."

"Ele não está lá para defender sua reputação de fofocas."

„Diese Anschuldigungen können leicht nur Zufälle sein."

"Essas acusações podem facilmente ser apenas coincidências."

„Viele Beschwerden beruhen nicht einmal auf irgendeiner Wahrheit."

"Muitas queixas não têm qualquer fundamento na verdade."
„Er ist fast das ganze Jahr über nicht im Büro.“
"Ele fica fora do escritório praticamente o ano todo."
Welche Chance hat er, seinen Ruf zu verteidigen?
"Que chance ele tem de defender a própria reputação?"
„Er erfährt gar nichts von den Anschuldigungen.“
"Ele nem sequer fica sabendo das acusações."
„Er erfährt erst, was gesagt wurde, wenn es zu spät ist.“
"Ele descobre o que foi dito quando já é tarde demais."
„Zu diesem Zeitpunkt ist er von der Tagesreise völlig erschöpft.“
"A essa altura, ele já está exausto da viagem do dia."
„Er muss die schrecklichen Konsequenzen trotzdem am eigenen Leib erfahren.“
"Ele terá que enfrentar as terríveis consequências de qualquer maneira."
„Auch wenn er keine Möglichkeit hat, das Problem zu verstehen.“
"Mesmo que ele não tenha como entender o problema."
"Oh Manager, gehen Sie nicht, ohne mir ein Wort zu sagen."
"Oh, gerente, não vá embora sem me dizer uma palavra."
„Sag mir wenigstens, dass du mir teilweise zustimmst.“
"Pelo menos me diga que você concorda comigo em parte."
Der Manager hatte sich aber schon viel früher von Gregor abgewandt.
Mas o gerente já havia abandonado Gregor muito antes.
Seine Schulter zuckte, als er Gregor anblickte.
Seu ombro se contraiu quando ele olhou para trás, para Gregor.
Und er blieb während der gesamten Rede kein einziges Mal stehen.
E ele não parou um só instante durante o discurso.
Er hatte Gregor mit zusammengepressten Lippen angesehen.
Ele olhava para Gregor com os lábios franzidos.
Er hatte sich allmählich in Richtung Tür zurückgezogen.
Ele vinha recuando gradualmente em direção à porta.
Aber auch er konnte den Blick nicht von Gregor abwenden.

Mas ele também não conseguia desviar o olhar de Gregor.

Er hatte das Gefühl, es gäbe ein geheimes Verbot, den Raum zu verlassen.

Ele sentia como se houvesse uma proibição secreta de sair da sala.

Zu diesem Zeitpunkt befand er sich aber bereits in der Eingangshalle.

Mas a essa altura ele já estava no hall de entrada.

Und nun machte er eine plötzliche Bewegung in Richtung Ausgang.

E então ele fez um movimento repentino em direção à saída.

Er streckte seine rechte Hand in Richtung der Treppe aus.

Ele estendeu a mão direita em direção à escada.

Vielleicht wartete eine übernatürliche Macht darauf, ihn zu retten.

Talvez uma força sobrenatural estivesse à espera para salvá-lo.

Gregor wusste, dass er ihn so nicht gehen lassen konnte.

Gregor sabia que não podia permitir que ele partisse daquela maneira.

Der Manager darf nicht in der Stimmung zurückkehren, in der er sich befand.

O treinador não deve voltar com o mesmo humor de antes.

Gregors Arbeitsplatz war stark gefährdet.

A segurança do emprego de Gregor estava seriamente ameaçada.

Die Eltern konnten das alles nicht vollständig verstehen.

Os pais não conseguiam compreender completamente tudo isso.

Über die Jahre hatten sie sich an seine Arbeitsplatzsicherheit gewöhnt.

Ao longo dos anos, eles se acostumaram com a estabilidade do emprego dele.

Und sie waren davon überzeugt, dass er den Job auf Lebenszeit hatte.

E eles se convenceram de que ele tinha o emprego para a vida toda.

Stattdessen hatten sie sich mit anderen Sorgen beschäftigt.

Em vez disso, eles se ocuparam com outras preocupações.

Doch diese Bedenken führten dazu, dass sie jegliche Weitsicht verloren.

Mas essas preocupações os levaram a perder toda a capacidade de prever o futuro.

Gregor hatte jedoch die elterliche Weitsicht nicht verloren.

Gregor, no entanto, não havia perdido a perspicácia dos pais.

Jemand musste den Bevollmächtigten stoppen.

Alguém teve que impedir o representante autorizado.

Er musste ihn beruhigen und überzeugen.

Ele teria que acalmá-lo e convencê-lo.

Davon hing die Zukunft von Gregor und seiner Familie ab!

O futuro de Gregor e de sua família dependia disso!

Wenn doch nur die kluge Schwester da gewesen wäre, um zu helfen.

Se ao menos a irmã inteligente estivesse aqui para ajudar.

Sie hatte schon geweint, als Gregor noch in seinem Zimmer war.

Ela já havia chorado quando Gregor ainda estava em seu quarto.

Zu diesem Zeitpunkt lag er einfach nur ruhig auf dem Rücken.

Nesse momento, ele estava simplesmente deitado de costas, em silêncio.

Sie wusste damals schon um die Bedeutung der Situation.

Ela já tinha consciência da importância da situação naquela altura.

Der Manager hatte bekanntermaßen eine Schwäche für Frauen.

O gerente era conhecido por ter uma certa fraqueza por mulheres.

Sie hätte ihn leicht dazu überreden können, länger zu bleiben.

Ela poderia facilmente tê-lo convencido a ficar mais tempo.

Sie hätte die Tür geschlossen und ihn wieder hineingeführt.

Ela teria fechado a porta e o conduzido de volta para dentro.

Doch leider war die Schwester bereits aufgebrochen, um einen Arzt zu holen.

Mas, infelizmente, a irmã tinha ido buscar um médico.

Deshalb blieb Gregor nichts anderes übrig, als es selbst zu tun.

Portanto, Gregor não teve outra escolha senão fazê-lo ele mesmo.

Er hatte nicht bedacht, welche Fähigkeiten er tatsächlich besaß.

Ele não havia considerado quais eram, de fato, suas habilidades.

Und er hatte vergessen, seiner Fähigkeit zu sprechen zu misstrauen.

E ele havia se esquecido de desconfiar da sua capacidade de falar.

Dennoch verließ er die Sicherheit seines Zimmers.

Mas, mesmo assim, ele deixou a segurança do seu quarto.

Und er drängte sich durch die Öffnung des Zimmers.

E ele se impôs através da abertura do quarto.

Der Manager war bereits auf dem Weg die Treppe hinunter.

O gerente já estava descendo as escadas.

Aber er hielt sich mit beiden Händen am Geländer fest.

Mas ele estava se segurando no corrimão com as duas mãos.

Gregor stürzte, als er sich durch die Tür schob.

Gregor caiu ao tentar passar pela porta.

Er stieß einen kleinen Schrei aus, als er nach Halt griff.

Ele soltou um pequeno grito enquanto buscava apoio.

Doch anstatt in Panik zu geraten, verspürte er ein körperliches Wohlbefinden.

Mas, em vez de entrar em pânico, ele sentiu um bem-estar físico.

Zum ersten Mal an diesem Morgen fühlte sich etwas richtig an.

Naquela manhã, pela primeira vez, algo pareceu certo.

Alle seine Beine standen nun auf festem Boden.

Todas as suas pernas agora tinham chão firme sob elas.

Er war überrascht, wie gut er seine Beine kontrollieren konnte.

Ele ficou surpreso com a facilidade com que conseguia controlar as pernas.

Er freute sich, festzustellen, dass seine Beine ihm vollkommen gehorchten.

Ele ficou feliz ao perceber que suas pernas o obedeciam completamente.

Tatsächlich trugen ihn seine Beine überall hin, wo er hinwollte.

Na verdade, suas pernas o levavam aonde ele quisesse.

Bald würden all seine Sorgen ein Ende finden.

Em breve, todas as suas tristezas chegariam ao fim.

Doch im selben Augenblick sprang seine eigene Mutter auf.

Mas, naquele mesmo instante, sua própria mãe se levantou de um salto.

Ihre Arme waren ausgestreckt und ihre Finger gespreizt.

Seus braços estavam estendidos e seus dedos abertos.

Und sie schrie: „Hilfe, um Gottes willen, helft mir!"

E ela gritou: "Socorro, pelo amor de Deus, alguém me ajude!"

Sie neigte den Kopf; sie wollte Gregor besser sehen.

Ela inclinou a cabeça; queria ver Gregor melhor.

Doch im Gegensatz zu ihrer ersten Handlung rannte sie zurück.

Mas, ao contrário da primeira ação, ela voltou correndo.

Sie hatte vergessen, dass der Tisch hinter ihr gedeckt war.

Ela havia se esquecido de que a mesa estava posta atrás dela.

Alle Speisen fürs Frühstück standen noch auf dem Tisch.

Todos os itens para o café da manhã ainda estavam sobre a mesa.

Sie setzte sich hastig auf den Tisch, als sei sie abgelenkt.

Ela sentou-se apressadamente sobre a mesa, como se estivesse distraída.

Und sie schien den verschütteten Kaffee nicht zu bemerken.

E ela pareceu não notar o café derramado.

Der Kaffee, der inzwischen in den Teppich eingezogen war.

O café que agora estava encharcando o tapete.

„Mutter, Mutter", sagte Gregor leise und blickte zu ihr auf.

"Mãe, mãe", disse Gregor baixinho, olhando para ela.

Im Moment war ihm der Manager nicht wichtig.

Por ora, o treinador não lhe era importante.

Aber da war auch noch der Kaffee, der auf den Teppich tropfte.

Mas também havia o café pingando no tapete.

Gregor konnte nicht widerstehen und schnappte nach dem Kaffee.

Gregor não resistiu à tentação de estalar os dentes ao ver o café.

Die Mutter fing wegen seines Verhaltens wieder an zu weinen.

A mãe começou a chorar novamente por causa do comportamento dele.

Sie sprang vom Tisch, um Abstand von ihm zu gewinnen.

Ela saltou da mesa para se distanciar dele.

Und sie rannte in die Arme ihres Vaters, um Schutz zu suchen.

E ela correu para os braços do pai, em busca de segurança.

Doch Gregor hatte jetzt keine Zeit mehr für seine Eltern.

Mas Gregor não tinha tempo a dedicar aos seus pais naquele momento.

Der zuständige Beamte befand sich bereits auf der Treppe.

O agente autorizado já estava na escada.

Er hatte sein Kinn auf dem Geländer, um ins Haus zu schauen.

Ele estava com o queixo apoiado no parapeito, olhando para dentro da casa.

Offenbar wollte er sich das Spektakel noch ein letztes Mal ansehen.

Aparentemente, ele queria dar uma última olhada no espetáculo.

Und Gregor unternahm einen letzten Versuch, den Manager zu erreichen.

E Gregor fez um último esforço para contatar o gerente.

Er rannte so sicher wie möglich zur Tür.

Ele correu em direção à porta, da maneira mais segura que pôde.

Aber der Hauptsekretär muss etwas geahnt haben.

Mas o chefe de escritório deve ter suspeitado de algo.

Denn er sprang mehrere Stufen hinunter und verschwand.

Porque ele pulou vários degraus e desapareceu.

"Huh!", rief Gregor, und sein Ruf hallte durch das Treppenhaus.

"Hã!" gritou Gregor, com o eco ressoando pela escadaria.

Die Flucht des Managers schien auch seinen Vater zu verwirren.

A fuga do gerente também pareceu confundir seu pai.

Bis dahin war es ihm gelungen, recht gefasst zu bleiben.

Até então, ele havia conseguido manter-se bastante calmo.

Doch leider verlor auch er die Fassung, die er zuvor besessen hatte.

Mas, infelizmente, ele também perdeu a compostura que tinha.

Er hätte Gregor bei seinem Vorhaben helfen sollen.

O que ele deveria ter feito era ajudar Gregor em sua busca.

Doch er packte den Gehstock des Managers mit einer Hand.

Mas, com uma das mãos, ele agarrou a bengala do gerente.

In seiner anderen Hand hielt er nun eine Zeitung.

E na outra mão ele segurava um jornal.

Und nun behinderte er Gregor direkt bei seinem Vorhaben.

E agora ele atrapalhava diretamente Gregor em sua busca.

Er hatte sich zwischen Gregor und die Straße gestellt.

Ele se colocou entre Gregor e a rua.

Er stampfte mit den Füßen auf und fuchtelte mit dem Stock und der Zeitung herum.

Ele bateu os pés e agitou o bastão e o jornal.

Und er zwang Gregor aktiv zurück in sein Zimmer.

E ele estava ativamente forçando Gregor a voltar para o quarto.

Keine der Bitten, die Gregor äußerte, half.

Nenhum dos pedidos que Gregor tentou fazer surtiu efeito.

Weil keines seiner Anliegen verstanden wurde.

Porque nenhum dos pedidos que ele fez foi compreendido.

Er wandte den Kopf in eine tiefere, demütigere Haltung.

Ele virou a cabeça para um ângulo mais profundo e humilde.

Doch sein Vater antwortete, indem er noch heftiger mit den Füßen aufstampfte.

Mas seu pai respondeu batendo os pés ainda mais forte.

Die Mutter öffnete trotz des kühlen Wetters ein Fenster.

A mãe abriu uma janela, apesar do tempo frio.

Und sie presste ihr Gesicht in die Hände vor Kälte.

E ela pressionou o rosto contra as mãos, sentindo o frio.

Der Wind konnte nun durch die gesamte Wohnung strömen.

O vento agora podia passar por todo o apartamento.

Ein starker Luftzug wehte vom Treppenhaus in die Gasse.

Uma forte corrente de ar soprava da escadaria para o beco.

Die Vorhänge wurden vom starken Wind hin und her bewegt.

As cortinas foram agitadas pelo vento forte.

Und die Zeitung auf dem Tisch raschelte im Wind.

E o jornal sobre a mesa farfalhou ao vento.

Sogar einige Blätter wurden von draußen ins Haus geweht.

Até mesmo algumas folhas foram trazidas pelo vento para dentro de casa, vindas de fora.

Der Vater stampfte mit den Füßen und schob unerbittlich.

O pai bateu os pés e empurrou sem parar.

Und er zischte und gab Geräusche von sich, wie es ein Wilder tun würde.

E ele sibilou e fez barulhos como um selvagem faria.

Gregor hatte das Rückwärtsgehen aber noch nicht geübt.

Mas Gregor ainda não tinha praticado andar para trás.

Selbst Gregor würde zugeben, dass diese Bewegung wesentlich langsamer vonstatten ging.

Até Gregor admitiria que esse movimento era muito mais lento.

Doch alles, was er wollte, war die Gelegenheit, umzukehren.

Mas tudo o que ele queria era a oportunidade de se virar.

Dann wäre er sofort in sein Zimmer gegangen.

Então ele teria ido direto para o quarto dele.

Aber er hatte zu große Angst, seinen Vater ungeduldig zu machen.

Mas ele tinha muito medo de deixar o pai impaciente.

Und es bestand die Drohung mit einem Schlag mit dem Stock.

E havia a ameaça de um golpe com o bastão.

Ein solcher Schlag auf den Hinterkopf könnte tödlich sein.

Um golpe desses na parte de trás da cabeça poderia ser fatal.

Am Ende blieb Gregor jedoch keine andere Wahl.

Mas no fim, Gregor não teve outra escolha.

Ihm wurde klar, dass er nicht einmal mehr geradeaus rückwärts gehen konnte.

Ele percebeu que não conseguia nem andar para trás em linha reta.

Er begann sich so schnell wie möglich umzudrehen.

Ele começou a se virar o mais rápido que pôde.

Doch in Wirklichkeit war diese Drehbewegung genauso langsam.

Mas, na realidade, esse movimento de rotação foi igualmente lento.

Und ihm folgten die besorgten Blicke des Vaters.

E ele era seguido pelos olhares ansiosos do pai.

Vielleicht bemerkte der Vater Gregors gute Absichten.

Talvez o pai tenha percebido as boas intenções de Gregor.

Weil er ihn nicht daran hinderte, sich umzudrehen.

Porque ele não o impediu de se virar.

Er benutzte sogar die Spitze seines Stocks, um die Drehung zu steuern.

Ele chegou a usar a ponta do taco para guiar a rotação.

Gregor wünschte sich aber dennoch, sein Vater hätte ihn nicht angefaucht!

Mas Gregor ainda desejava que o pai não tivesse sibilado para ele!

Das Zischen trug nur noch zur Verwirrung des Augenblicks bei.

O chiado só aumentou a confusão do momento.

Und dann unterlief ihm ein Fehler, und er bog in die falsche Richtung ab.

E então ele cometeu um erro e virou para o lado errado.

Am Ende gelang es ihm schließlich doch, den richtigen Weg einzuschlagen.

No fim, ele finalmente conseguiu se orientar para o caminho certo.

Und er war zufrieden mit den Fortschritten, die er gemacht hatte.

E ele ficou satisfeito com o progresso que havia feito.

Doch dann trat das nächste Problem noch deutlicher zutage.

Mas então o problema seguinte tornou-se ainda mais evidente.

Sein Körper war zu breit, um problemlos durch die Tür zu passen.

Seu corpo era muito largo para passar facilmente pela porta.

In seinem jetzigen Zustand bemerkte der Vater dies nicht.

Em seu estado atual, o pai não percebeu isso.

Deshalb kam es ihm nicht in den Sinn, die Tür weiter zu öffnen.

Por isso, não lhe ocorreu abrir mais a porta.

Dann wäre genügend Platz für Gregor gewesen.

Então haveria espaço suficiente para Gregor.

Seine einzige Priorität war es, Gregor in sein Zimmer zu bringen.

Sua única prioridade era levar Gregor para o quarto.

Er hätte aufstehen müssen, um durch die Tür zu passen.

Ele teria que ficar de pé para passar pela porta.

Der Vater hätte ein solches Manöver jedoch nicht zugelassen.

Mas o pai não teria permitido tal manobra.

Tatsächlich fauchte er ihn noch heftiger an als zuvor.

Na verdade, ele estava sibilando para ele ainda mais furiosamente do que antes.

Es klang nach mehr als nur einem Mann, der ihn anzischt.

Parecia ser mais do que apenas um homem sibilando para ele.

Seine Forderungen schienen nun an Dringlichkeit gewonnen zu haben.

Suas exigências pareciam ter ganhado uma nova urgência.

Für Spielereien war jetzt wirklich keine Zeit mehr.

Realmente não havia mais tempo para brincadeiras.

Was auch immer geschah, Gregor musste durch die Tür gelangen.

Aconteça o que acontecer, Gregor tinha que passar por aquela porta.

Er kämpfte sich ohne jegliche Rücksicht auf sich selbst durch.

Ele se esforçou ao máximo sem qualquer consideração por si mesmo.

Durch die Bewegung wurde eine Seite seines Körpers nach oben gedrückt.

Um lado do seu corpo foi forçado para cima pelo movimento.

Und er lag unbeholfen und schief zwischen den Türrahmen.

E lá estava ele, deitado de forma desajeitada e torta, entre o batente da porta.

Eine seiner Flanken war am Holz wundgescheuert.

Um de seus flancos estava em carne viva devido ao atrito com a madeira.

Und er hatte hässliche Flecken auf der weiß gestrichenen Tür hinterlassen.

E ele havia deixado manchas feias na porta pintada de branco.

Auf einer Seite seines Körpers hingen die Beine zitternd in der Luft.

As pernas de um dos lados do corpo dele pendiam trêmulas no ar.

Seine anderen Beine drückten schmerzhaft gegen den Boden.

Suas outras pernas estavam pressionadas dolorosamente contra o chão.

Bald würde er vollständig zwischen den Türen eingeklemmt sein.

Em breve ele ficaria completamente preso entre a porta.

Und dann hätte er sich überhaupt nicht mehr bewegen können.

E então ele não teria conseguido se mover de jeito nenhum.

Doch der Vater gab ihm einen wahrhaft befreienden, starken Anstoß.

Mas o pai lhe deu um empurrão forte e verdadeiramente libertador.

Und er stürzte, stark blutend, tief in sein Zimmer hinein.

E ele caiu, sangrando muito, no fundo do seu quarto.

Der Vater knallte die Tür hinter sich mit seinem Stock zu.

O pai bateu a porta atrás de si com a bengala.

Und dann kehrte endlich wieder Ruhe ein.

E então, finalmente, houve paz e tranquilidade novamente.

Teil Zwei

Gregor wachte erst viel später am Tag auf.

Gregor só acordou muito mais tarde naquele dia.

Die Dämmerung war hereingebrochen; er hatte tief und fest geschlafen.

O crepúsculo havia caído; ele dormira profundamente e inconsciente.

Er wäre auch ohne Störung aufgewacht.

Ele teria acordado mesmo sem ser incomodado.

Denn er fühlte sich ausreichend ausgeruht und gut geschlafen.

Porque ele se sentia suficientemente descansado e havia dormido bem.

Aber er glaubte, draußen flüchtige Schritte zu hören.

Mas ele achou ter ouvido alguns passos fugazes do lado de fora.

Und vielleicht hat jemand die Haustür sorgfältig geschlossen.

E alguém pode ter fechado a porta da frente com cuidado.

Das Licht der elektrischen Straßenbahn lag blass an der Decke.

A luz do bonde elétrico projetava-se pálida no teto.

Auch die Oberseite der Möbel wurde ein wenig beleuchtet.

A parte superior do móvel também recebeu um pouco de luz.

Doch unten am Boden, auf Gregors Höhe, war es dunkel.

Mas lá embaixo, no nível do solo, onde Gregor estava, estava escuro.

Seine Beine schoben ihn langsam wieder in Richtung Tür.

Suas pernas o impulsionaram lentamente em direção à porta novamente.

Er war sehr neugierig, zu sehen, was dort geschehen war.

Ele estava muito curioso para ver o que tinha acontecido ali.

Seine Kontrolle über seine Fühler war jedoch noch nicht entwickelt.

Mas o controle que ele tinha sobre seus sentidos ainda não estava desenvolvido.

Obwohl er diese neuen Sensoren allmählich zu schätzen begann.

Embora ele tenha começado a apreciar esses novos sensores.

Eine lange, unansehnliche Narbe schien seine linke Seite hinunterzulaufen.

Uma longa e desagradável cicatriz parecia percorrer seu lado esquerdo.

Die Narbe fühlte sich an, als würde sie diese Seite seines Körpers einengen.

A cicatriz dava a sensação de apertar aquele lado do corpo dele.

Und so musste er buchstäblich auf seinen zwei Beinreihen humpeln.

E assim ele teve que literalmente mancar sobre suas duas fileiras de pernas.

Eines seiner Beine war an diesem Morgen schwer verletzt worden.

Uma de suas pernas havia sido gravemente ferida naquela manhã.

Es war wirklich ein Wunder, dass er sich nicht noch mehr Beine gebrochen hatte.

Foi realmente um milagre ele não ter quebrado mais pernas.

Und so schleppte er sein verletztes Bein leblos hinter sich her.

E assim, ele arrastou a perna ferida sem vida atrás de si.

Als er die Tür erreichte, erkannte er etwas Tiefgreifendes.

Ao chegar à porta, ele percebeu algo profundo.

Es war der Geruch von etwas, der ihn dorthin gelockt hatte.

Foi o cheiro de algo que o atraiu para lá.

In Gregors Zimmer war etwas Essbares für ihn hinterlassen worden.

Haviam deixado algo comestível para Gregor em seu quarto.

Stückchen Weißbrot schwimmen in einer Schüssel mit süßer Milch.

Pedaços de pão branco flutuando em uma tigela de leite doce.

Er konnte seine innere Freude kaum verbergen.

Ele mal conseguia conter a alegria que o invadia.

Er war jetzt noch hungriger als am Morgen.

Ele estava com ainda mais fome agora do que de manhã.

Er tauchte sofort seinen Kopf in die Schüssel mit Milch.

Ele imediatamente mergulhou a cabeça na tigela de leite.

Die Milch quoll ihm fast über den ganzen Kopf, bis zu den Augen.

O leite escorreu por quase toda a sua cabeça, até os olhos.

Doch schon bald riss er den Kopf zurück, bitter enttäuscht.

Mas logo recuou a cabeça, profundamente desapontado.

Das Essen war aufgrund seiner empfindlichen linken Seite schwierig.

Comer era difícil devido à fragilidade do seu lado esquerdo.

Und er konnte nur essen, indem er mit dem ganzen Körper keuchte.

E ele só conseguia comer ofegando com todo o corpo.

Das war jedoch nicht der wahre Grund für seine Enttäuschung.

Mas essa não era a verdadeira razão de sua decepção.

Milch war schon immer eines seiner Lieblingsgerichte gewesen.

O leite sempre fora um de seus pratos favoritos.

Er hatte keinen Zweifel daran, dass seine Schwester sich daran erinnerte.

Ele não tinha dúvidas de que sua irmã se lembrava disso.

Und das war der Grund, warum sie ihm Milch gegeben hatte.

E foi por essa razão que ela lhe deu leite.

Er konnte nicht erklären, warum er Milch jetzt nicht mehr mochte.

Ele não conseguiu explicar por que agora não gostava de leite.

Und er wandte sich fast widerwillig von der Schüssel ab.

E ele se afastou da tigela quase com relutância.

Enttäuscht kroch er zurück in die Mitte des Raumes.

Desapontado, ele rastejou de volta para o meio da sala.

Hier konnte er durch den Türspalt hindurchsehen.

Ali ele conseguiu ver através da fresta da porta.

Er konnte sehen, dass im Wohnzimmer das Feuer brannte.

Ele pôde ver que a lareira na sala de estar estava acesa.

Gewöhnlich las der Vater um diese Zeit die Zeitung.

Geralmente, a essa hora, o pai lia o jornal.

Er las seiner Mutter immer mit erhobener Stimme vor.

Ele sempre lia para a mãe em voz alta.

Manchmal lauschte auch die Schwester dem Vater.

Às vezes, a irmã também ouvia a conversa do pai.

Sie hatte Gregor immer von diesem Vorlesen erzählt.

Ela sempre contava a Gregor sobre essa leitura em voz alta.

Doch heute war aus dem Zimmer kein Laut zu hören.

Mas hoje não se ouvia nenhum som vindo do quarto.

Vielleicht war diese Gewohnheit bereits in Vergessenheit geraten.

Talvez esse hábito já tivesse caído em desuso.

Eine tiefe Stille hatte sich über die gesamte Wohnung gelegt.

Um silêncio profundo tomou conta de todo o apartamento.

Obwohl er wusste, dass die Wohnung ganz sicher nicht leer war.

Embora ele soubesse que o apartamento certamente não estava vazio.

„Was für ein ruhiges Leben die Familie doch führte", dachte Gregor.

"Que vida tranquila essa família levava", pensou Gregor.

Und er blickte mit großem Stolz in die Dunkelheit.

E ele fitou a escuridão com grande orgulho.

Er war stolz auf das Leben, das er ihnen hatte ermöglichen können.

Ele tinha orgulho da vida que conseguira proporcionar a eles.

Er war stolz auf die schöne Wohnung, in der sie lebten.

Ele tinha orgulho do belo apartamento em que moravam.

Doch sollte dieser Frieden nun ein schreckliches Ende nehmen?

Mas será que toda essa paz estava prestes a chegar a um fim terrível?

Würde man ihnen ihren Wohlstand nehmen?

Será que a prosperidade deles seria tirada?
War ihre Zufriedenheit nun in Zukunft ungewiss?
Será que a satisfação deles agora era incerta em relação ao futuro?
Doch er wollte sich nicht in solchen Gedanken verlieren.
Mas ele não queria se perder em tais pensamentos.
Um sich die Zeit zu vertreiben, kroch er die Wände rauf und runter.
Para se manter ocupado, ele subia e descia pelas paredes.
Im Laufe des langen Abends wurde eine Tür einen Spalt breit geöffnet.
Durante a longa noite, uma porta ficou entreaberta.
Und zu einem anderen Zeitpunkt öffnete sich die andere Tür einen Spaltbreit.
E em outra ocasião, a outra porta se abriu um pouco.
Doch beide Male wurden die Türen schnell wieder geschlossen.
Mas nas duas vezes as portas foram fechadas rapidamente novamente.
Offenbar hatte jemand draußen den Wunsch, hereinzukommen.
Claramente, alguém de fora tinha o desejo de entrar.
Aber sie hatten auch zu viele Bedenken, hereinzukommen.
Mas eles também tinham muitas preocupações em relação à entrada.
Gregor blieb nun direkt vor der Wohnzimmertür stehen.
Gregor parou então em frente à porta da sala de estar.
Er war fest entschlossen, den zögernden Besucher irgendwie zu verführen.
Ele estava determinado a, de alguma forma, atrair o visitante hesitante.
Und er wollte auch wissen, wer der Besucher gewesen war.
E ele também queria saber quem era o visitante.
Doch an diesem Abend wurde die Tür kein drittes Mal geöffnet.
Mas naquela noite a porta não foi aberta uma terceira vez.

Und Gregor verbrachte seine Zeit vergeblich damit, an der Tür zu warten.

E Gregor passou seu tempo esperando em vão junto à porta.

Früher am Tag wollten sie alle in den Raum kommen.

Mais cedo naquele dia, todos eles queriam entrar na sala.

Jetzt, da die Türen unverschlossen waren, würde es ihnen leichter fallen.

Agora que as portas estavam destrancadas, seria mais fácil para eles.

Aber sie entschieden sich dafür, auf der anderen Seite des Raumes zu bleiben.

Mas eles optaram por ficar do outro lado da sala.

Gregor bemerkte, dass die Schlüssel nicht mehr in ihren Schlössern steckten.

Gregor percebeu que as chaves não estavam mais nas fechaduras.

Jemand muss die Schlüssel zum Außenschloss umgesteckt haben.

Alguém deve ter mexido nas chaves da fechadura externa.

Erst spät in der Nacht wurde das Licht im Wohnzimmer ausgeschaltet.

A luz da sala de estar só era apagada tarde da noite.

Die Familie muss die ganze Zeit wach geblieben sein.

A família deve ter ficado acordada durante todo esse tempo.

Und Gregor konnte deutlich hören, wie sie sich auf Zehenspitzen davonschlichen.

E Gregor conseguia ouvi-los claramente se afastando na ponta dos pés.

Nun würde bis zum Morgen niemand zu Gregor kommen.

Agora ninguém iria visitar Gregor antes da manhã seguinte.

So hatte er lange Zeit für sich, um ungestört nachzudenken.

Assim, ele teve bastante tempo para si mesmo, para pensar sem ser perturbado.

Wie könnte man sein Leben jetzt am besten neu ordnen?

Qual seria a melhor maneira de reorganizar a vida dele agora?

Doch die hohen Wände des leeren Zimmers ängstigten ihn.

Mas as paredes altas do quarto vazio o assustaram.

Ihm blieb keine andere Wahl, als sich flach auf den Boden zu legen.

Ele não teve outra escolha senão deitar-se de bruços no chão.

Und er fand in diesem Raum niemals die Ursache seiner Angst.

E ele nunca encontrou a causa do seu medo naquele espaço.

Es war dasselbe Zimmer, in dem er seit fünf Jahren lebte.

Era o mesmo quarto em que ele havia morado por cinco anos.

Halb bewusst machte er eine Bewegung in Richtung Sofa.

Meio inconscientemente, ele fez um movimento em direção ao sofá.

Und ohne jede Scham versteckte er sich unter dem Sofa.

E sem qualquer vergonha, escondeu-se debaixo do sofá.

Dort unten fühlte er sich sofort wieder sehr wohl.

Lá embaixo, ele imediatamente se sentiu muito confortável novamente.

Obwohl sein Rücken etwas gequetscht war.

Apesar de suas costas estarem um pouco pressionadas.

Auch unter dem Sofa konnte er seinen Kopf nicht mehr heben.

Ele também não conseguia mais levantar a cabeça debaixo do sofá.

Aber selbst das zog er einem Aufenthalt im Freien vor.

Mas mesmo assim ele preferia estar em qualquer área aberta.

Er bedauerte jedoch, dass sein Körper so breit war.

No entanto, ele lamentava que seu corpo fosse tão largo.

Das Sofa konnte seinen ganzen Körper nicht vollständig bedecken.

O sofá não conseguia cobrir completamente todo o seu corpo.

Er blieb die ganze Nacht unter dem Sofa.

Ele ficou debaixo do sofá a noite inteira.

Die Nacht verbrachte er halb schlafend, geplagt von seinem Hunger.

A noite ele passou meio adormecido, perturbado pela fome.

Und die Zeit, die er wach war, verbrachte er entweder in Sorgen oder in Hoffnung.

E o tempo que passava acordado, ele se dividia entre preocupações e esperanças.

Doch all seine vagen Hoffnungen führten zu demselben Schluss.

Mas todas as suas vagas esperanças o levaram à mesma conclusão.

Ihm blieb nichts anderes übrig, als vorerst zu schweigen.

Ele não teve outra escolha senão permanecer em silêncio por enquanto.

Er musste der Familie gegenüber Geduld und Rücksichtnahme zeigen.

Ele teve que demonstrar paciência e consideração para com a família.

Es war die einzige Möglichkeit, die Unannehmlichkeiten erträglich zu machen.

Era a única maneira de tornar o inconveniente suportável.

Die Unannehmlichkeiten, die er nun der Familie auferlegte.

O transtorno que ele agora estava causando à família.

Er musste nicht lange warten, um sein Mitgefühl unter Beweis zu stellen.

Ele não precisou esperar muito para demonstrar sua compaixão.

Früh am Morgen schaute die Schwester in sein Zimmer.

Logo de manhã cedo, a irmã olhou para dentro do quarto dele.

Obwohl es eigentlich genauso viel Nacht wie Morgen war.

Embora, na verdade, fosse tanto noite quanto manhã.

Sie war vollständig angezogen und schien aufgeregt zu sein.

Ela estava completamente vestida e parecia demonstrar entusiasmo.

Die Tragfähigkeit seiner neu getroffenen Entscheidung könnte sich bewähren.

A solidez de sua decisão recém-tomada poderá ser posta à prova.

Sie entdeckte ihn nicht sofort auf Anhieb.

Ela não o reconheceu imediatamente à primeira vista.

Er musste irgendwo sein; weggeflogen konnte er nicht sein.

Ele tinha que estar em algum lugar; não poderia ter simplesmente voado para longe.

Doch dann schweifte ihr Blick ein zweites Mal durch den Raum.

Mas então seus olhos percorreram o cômodo uma segunda vez.

Und dieses Mal entdeckte sie seinen Oberkörper unter dem Sofa.

E dessa vez ela avistou o torso dele debaixo do sofá.

Sie war so verängstigt, dass sie jegliche Selbstbeherrschung verlor.

Ela ficou tão assustada que perdeu completamente o autocontrole.

Und ihre erste Reaktion war, die Tür wieder zuzuschlagen.

E sua primeira reação foi bater a porta novamente.

Doch sie schien ihr Verhalten auch sofort zu bereuen.

Mas ela também pareceu se arrepender imediatamente de seu comportamento.

Kaum hatte sie die Tür zugeschlagen, öffnete sie sie auch schon wieder.

Assim que bateu a porta, ela a abriu novamente.

Und diesmal schlich sie sich leise auf Zehenspitzen in den Raum.

E desta vez ela entrou na sala na ponta dos pés, com cuidado.

Sie bewegte sich, als ob sie eine schwerkranke Person besuchen würde.

Ela se movia como se estivesse visitando uma pessoa gravemente doente.

Oder sie könnte einen völlig Fremden besucht haben.

Ou talvez ela estivesse visitando um completo estranho.

Gregor drückte seinen Kopf fast bis an den Rand des Sofas.

Gregor encostou a cabeça quase na beirada do sofá.

Und von unterhalb des Tresors beobachtete er sie im Zimmer.

E debaixo do cofre, ele a observava no quarto.

Würde sie bemerken, dass er die Milch stehen gelassen hatte?

Será que ela ia perceber que ele tinha deixado o leite?

Er hatte die Milch nicht etwa aus Mangel an Hunger stehen gelassen.

Ele não havia deixado o leite por falta de fome.

Wollte sie ihm stattdessen anderes Essen bringen?

Será que ela ia trazer-lhe outra comida?

Vielleicht ein Gericht, das seinen Vorlieben besser entsprach.

Talvez um prato que se adequasse melhor às suas preferências.

Aber sie hätte seinen Appetit selbst bemerken müssen.

Mas ela teria que ter notado o apetite dele por si mesma.

Er wäre lieber verhungert, als sie davon erfahren zu lassen.

Ele preferiria ter morrido de fome a deixá-la saber disso.

Eigentlich hätte er es ihr sehr gerne gesagt.

Na verdade, ele teria gostado muito de lhe contar.

Er war wirklich versucht, unter dem Sofa hervorzuschießen.

Ele ficou realmente tentado a sair correndo de debaixo do sofá.

Er wollte sich seiner Schwester zu Füßen werfen.

Ele queria se jogar aos pés da irmã.

Und er wollte sie um etwas Leckeres zu essen bitten.

E ele queria pedir a ela algo gostoso para comer.

Doch dann blickte die Schwester zu der Schüssel mit Milch.

Mas então a irmã olhou para a tigela de leite.

Sie bemerkte sofort, dass die Schüssel noch voll war.

Ela percebeu imediatamente que a tigela ainda estava cheia.

Sie war ziemlich überrascht, dass Gregor nichts gegessen hatte.

Ela ficou bastante surpresa por Gregor não ter comido nada.

Nur ein wenig Milch war auf den Boden verschüttet worden.

Apenas um pouco de leite havia sido derramado no chão.

Sie nahm sofort die Schüssel und trug sie hinaus.

Ela imediatamente pegou a tigela e a levou para fora.

Er sah, dass sie die Schüssel nicht mit bloßen Händen aufgehoben hatte.

Ele percebeu que ela não pegou a tigela com as mãos nuas.

Stattdessen hob sie die Schüssel mit einem der Lappen hoch.

Em vez disso, ela pegou a tigela usando um dos panos.

Gregor vergaß dieses kleine Detail jedoch sehr schnell.

Mas Gregor esqueceu-se muito rapidamente desse pequeno detalhe.

Er war nun von etwas ganz anderem viel begeisterter.

Agora ele estava muito mais entusiasmado com outra coisa.

Was könnte sie als Ersatz für die Milch mitbringen?

O que ela poderia trazer para substituir o leite?

Er hatte verschiedene Vermutungen darüber, was sie wohl mitbringen könnte.

Ele tinha várias ideias sobre o que ela poderia trazer.

Doch die Güte seiner Schwester übertraf seine Erwartungen.

Mas a bondade de sua irmã superou suas expectativas.

Ihr wurde klar, dass sie herausfinden musste, was seine neuen Vorlieben waren.

Ela percebeu que precisava testar quais eram seus novos gostos.

Deshalb brachte sie eine ganze Auswahl an verschiedenen Speisen mit.

Então ela trouxe uma grande variedade de comidas diferentes.

Halbverfaultes Gemüse, Knochen vom Abendessen.

Legumes meio podres, ossos da refeição da noite.

Die eingedickte Soße von der anderen Mahlzeit, die sie gegessen hatten.

Molho solidificado da outra refeição que haviam comido.

Ein paar Rosinen, einige Mandeln, trockenes Brot, Butterbrot.

Algumas passas, algumas amêndoas, pão seco, pão com manteiga.

Etwas Brot, das mit Butter bestrichen und gesalzen war.

Um pão que tinha sido amanteigado e salgado.

Käse, den Gregor vor zwei Tagen noch für ungenießbar erklärt hatte.

Queijo que Gregor havia declarado intragável dois dias antes.

Die gesamte Auswahl an Speisen wurde auf einer Zeitung ausgelegt.

Toda essa seleção de alimentos foi colocada em um jornal.

Und sie stellte auch eine Schüssel mit Wasser neben seine Mahlzeiten.

E ela também colocou uma tigela de água ao lado das refeições dele.

Sie wusste, dass Gregor nicht vor ihr gegessen hätte.

Ela sabia que Gregor não teria comido na frente dela.

Aus Respekt vor ihm verließ sie deshalb wieder den Raum.

Então, por respeito a ele, ela saiu da sala novamente.

Und sie hat beim Weggehen sogar den Schlüssel im Schloss umgedreht.

E ela até girou a chave na fechadura ao sair.

Aber sie drehte den Schlüssel ganz leise und vorsichtig um.

Mas ela girou a chave com muita calma e cuidado.

Auf diese Weise würde nur Gregor wissen, dass die Tür verschlossen war.

Dessa forma, somente Gregor saberia que a porta estava trancada.

Nun konnte er es sich so bequem machen, wie er wollte.

Agora ele podia se acomodar da maneira que quisesse.

Gregors Beine surrten, als es Zeit zum Essen war.

As pernas de Gregor zumbiam quando chegou a hora de comer.

Bemerkenswert ist, dass er keinerlei Beschwerden mehr verspürte.

Vale ressaltar que ele não sentia mais nenhum desconforto.

Seine Wunden müssen bereits vollständig verheilt sein.

Suas feridas já devem ter cicatrizado completamente.

Weil er seine früheren Behinderungen nicht mehr spürte.

Porque ele já não sentia as suas deficiências anteriores.

Seine neue Fähigkeit zu heilen überraschte und verblüffte ihn.

Sua nova capacidade de cura o surpreendeu e maravilhou.

Vor mehr als einem Monat schnitt er sich mit einem Messer in den Finger.

Há mais de um mês, ele cortou o dedo com uma faca.

Bis vor zwei Tagen schmerzte ihn diese Wunde noch.

Até dois dias atrás, aquela ferida ainda o incomodava.

„Bin ich jetzt viel weniger empfindlich?", dachte er bei sich.

"Será que agora sou muito menos sensível?", pensou ele consigo mesmo.

Inzwischen lutschte er gierig an dem Käse.

A essa altura, ele já estava chupando o queijo com avidez.

Er fühlte sich vom Käse mehr angezogen als von den anderen Speisen.

Ele se sentiu mais atraído pelo queijo do que pelos outros alimentos.

Er aß schnell ein Stück Käse nach dem anderen.

Ele devorou rapidamente um pedaço de queijo após o outro.

Beim Genuss des Geschmacks traten ihm vor Zufriedenheit die Tränen in die Augen.

Seus olhos lacrimejaram de satisfação ao prová-lo.

Nach dem Käse aß er das Gemüse und die Soße.

Depois do queijo, ele comeu os legumes e o molho.

Das frische Essen schmeckte ihm jedoch nicht.

A comida fresca, no entanto, não lhe agradou o sabor.

Tatsächlich konnte er nicht einmal den Geruch von frischen Lebensmitteln ertragen.

Na verdade, ele não suportava nem o cheiro de comida fresca.

Er hat sogar die anderen Lebensmittel von den frischen Lebensmitteln weggezerrt.

Ele chegou a arrastar os outros alimentos para longe dos alimentos frescos.

Und im Nu hatte er auch noch das Essbare aufgegessen.

E muito rapidamente ele terminou a comida mais apetitosa.

Das ganze leckere Essen hatte eine schläfrig machende Wirkung auf ihn.

Toda aquela comida deliciosa teve um efeito soporífero sobre ele.

Und er lag träge an der Stelle, wo er gegessen hatte.

E ele ficou deitado preguiçosamente no lugar onde havia comido.

Schließlich kam seine Schwester zurück, um noch einmal nach ihm zu sehen.

Por fim, sua irmã voltou para ver como ele estava novamente.

Sie hatte die Weitsicht, den Schlüssel ganz langsam umzudrehen.
Ela teve a perspicácia de girar a chave bem devagar.
Dies war für Gregor ein Warnsignal, sich zurückzuziehen.
Isso serviu de aviso para Gregor, indicando que ele deveria se retirar.
Benommen und erschrocken huschte er zurück unter das Sofa.
Atordoado e assustado, ele correu de volta para debaixo do sofá.
Doch diesmal war es nicht so einfach, unter dem Sofa zu bleiben.
Mas ficar debaixo do sofá não foi tão fácil desta vez.
Sein Körper war durch das viele Essen etwas runder geworden.
Seu corpo havia ficado um pouco arredondado por causa de toda a comida.
Und er musste sich beherrschen, nicht wieder auszulaufen.
E ele teve que se controlar para não sair correndo de novo.
Auch wenn die Schwester nicht lange im Zimmer blieb.
Embora a irmã não tenha permanecido muito tempo no quarto.
In dem engen Raum rang er nach Luft.
Ele estava com dificuldade para respirar naquele espaço estreito.
Doch er überwand die kurzen Anfälle von Atemnot.
Mas ele perseverou, apesar dos pequenos acessos de sufocamento.
Mit aufgerissenen Augen beobachtete er die Aktivitäten der Schwester.
Com os olhos arregalados, ele observava as atividades da irmã.
Die ahnungslose Schwester schüttete alles in einen Eimer.
A irmã, sem desconfiar de nada, despejou tudo em um balde.
Sie entsorgte nicht nur das Essen, das Gregor nicht gegessen hatte.

Ela não apenas se desfez da comida que Gregor não havia comido.

Aber sie entsorgte auch das Essen, das er nicht angerührt hatte.

Mas ela também se desfazia da comida que ele não tinha tocado.

Offenbar war dieses Essen nun für niemanden mehr genießbar.

Aparentemente, aquela comida já não era comestível para ninguém.

Anschließend verschloss sie den Futtereimer mit einem Holzdeckel.

Em seguida, ela fechou o balde de comida com uma tampa de madeira.

Und mit dem Essen, dem Eimer und dem Wischmopp ging sie.

E com a comida, o balde e o esfregão, ela foi embora.

Gregor hätte nicht mehr lange warten können.

Gregor não teria conseguido esperar muito mais tempo.

Sobald sie weg war, entkam er unter dem Sofa hervor.

Assim que ela saiu, ele escapou debaixo do sofá.

Und er streckte sich aus und atmete erleichtert auf.

E ele se esticou e suspirou aliviado.

So erhielt Gregor von nun an regelmäßig seine Nahrung.

Era assim que Gregor recebia comida de tempos em tempos.

Seine Schwester gab ihm einmal früh am Morgen etwas zu essen.

Sua irmã lhe deu comida certa vez, bem cedinho pela manhã.

Zu dieser Stunde schliefen die Eltern und das Dienstmädchen noch.

A essa hora, os pais e a empregada ainda estavam dormindo.

Und er erhielt eine zweite Mahlzeit, nachdem alle anderen bereits zu Mittag gegessen hatten.

E ele recebeu uma segunda refeição depois que todos já haviam almoçado.

Denn zu dieser Zeit schliefen die Eltern auch eine Weile.

Porque naquela hora os pais também dormiram um pouco.

**Und das Dienstmädchen wurde von der Schwester mit einer
Besorgung weggeschickt.**
E a empregada foi mandada pela irmã para fazer algum
recado.
**Sie hatten ganz sicher nicht die Absicht, Gregor verhungern
zu lassen.**
Eles certamente não tinham a intenção de deixar Gregor
morrer de fome.
Aber sie hätten ihm auch nicht beim Essen zusehen wollen.
Mas eles também não gostariam de vê-lo comer.
Die Angaben der Schwester reichten als Information aus.
As informações mencionadas pela irmã foram suficientes.
**Vielleicht war es ihre Art, den Eltern den Kummer zu
ersparen.**
Talvez fosse a maneira que ela encontrou de poupar os pais do
sofrimento.
Sie hatten unter seinen Taten schon genug gelitten.
Eles já haviam sofrido o suficiente com as ações dele.

**Der erste Tag verblasste langsam zu einer fernen
Erinnerung.**
O primeiro dia estava lentamente se tornando uma lembrança
distante.
**Gregor hatte keine Möglichkeit zu erfahren, was an diesem
Tag geschah.**
Gregor não tinha como saber o que aconteceu naquele dia.
**Wie wurde der Schlüsseldienstmitarbeiter aus der Wohnung
geleitet?**
Como o chaveiro foi conduzido para fora do apartamento?
Mit welchen Ausreden war der Arzt schließlich zufrieden?
Com que desculpas o médico finalmente ficou satisfeito?
Er hatte keinen Weg gefunden, sich verständlich zu machen.
Ele não havia encontrado nenhuma maneira de se fazer
entender.
**Es gelang ihm nicht einmal, mit seiner Schwester zu
kommunizieren.**
Ele nem sequer conseguiu se comunicar com a irmã.

Und so dachten sie, er könne sie nicht verstehen.

E assim eles pensaram que ele não os conseguia compreender.

Und deshalb wurde auch kein Versuch unternommen, mit ihm zu sprechen.

E, portanto, não foi feito nenhum esforço para falar com ele.

Seine Schwester kam jeden Morgen und jeden Mittag in sein Zimmer.

Sua irmã entrava em seu quarto todas as manhãs e na hora do almoço.

Doch er musste sich damit begnügen, ihre Seufzer zu hören.

Mas ele teve que se contentar em ouvir seus suspiros.

Später gewöhnte sie sich dann doch etwas mehr an Gregors Gestalt.

Mais tarde, ela acabou se acostumando um pouco mais com a postura de Gregor.

Und sie fühlte sich etwas freier, weitere Bemerkungen zu machen.

E ela sentiu um pouco mais de liberdade para fazer mais comentários.

(Obwohl sie sich nie ganz an ihn gewöhnen würde.)

(Embora ela nunca tenha se acostumado completamente com ele.)

Und dann fühlte sich Gregor wieder etwas mehr angesprochen.

E então Gregor sentiu que lhe falaram um pouco mais.

Und er nahm wahr, was er als freundliche Kommentare empfand.

E ele captou o que interpretou como comentários amigáveis.

„Ihm hat das Essen heute geschmeckt" oder „Er hat alles aufgegessen".

"Ele gostou da comida hoje", ou "ele comeu tudo".

Das war aber erst der Fall, nachdem er sein gesamtes Essen aufgegessen hatte.

Mas isso só aconteceu depois que ele já tinha comido toda a sua comida.

Doch in letzter Zeit kam dies immer seltener vor.

Mas, recentemente, isso tem se tornado cada vez menos frequente.

„Er hat sein Essen kaum angerührt", sagte sie jetzt immer öfter.

"Ele quase não tocava na comida", ela dizia com mais frequência agora.

Und jedes Mal schwang ein Hauch von Traurigkeit in ihrer Stimme mit.

E havia um toque de tristeza em sua voz a cada vez.

Gregor konnte keine anderen Nachrichten direkter empfangen.

Gregor não conseguiu ouvir nenhuma outra notícia de forma mais direta.

Aber er hörte viele Neuigkeiten aus den angrenzenden Zimmern mit.

Mas ele ouviu muitas notícias vindas dos quartos ao lado.

Als er Stimmen hörte, rannte er zur entsprechenden Tür.

Ao ouvir vozes, ele correu para a porta correspondente.

Und er presste seinen ganzen Körper gegen die Tür, um zu hören.

E ele pressionou todo o seu corpo contra a porta para ouvir.

Alle Gespräche drehten sich in irgendeiner Weise um ihn.

Todas as conversas o envolviam de alguma forma.

Selbst wenn es scheinbar um etwas ganz anderes ging.

Mesmo quando o assunto parecia ser outro.

Diese Beobachtung traf insbesondere in der Anfangszeit zu.

Essa observação era especialmente verdadeira nos primeiros tempos.

Bei jeder Mahlzeit wiederholten sie die gleiche Diskussion.

Durante todas as refeições, eles repetiam a mesma conversa.

Sie waren sich noch immer unsicher, wie sie sich ihm gegenüber verhalten sollten.

Eles ainda não tinham certeza de como se comportar perto dele.

Das gleiche Thema wurde aber auch zwischen den Mahlzeiten besprochen.

Mas o mesmo assunto também foi discutido entre as refeições.

Weil immer zwei Familienmitglieder zu Hause waren.
Porque sempre havia dois membros da família em casa.
Niemand wollte allein im Haus bleiben.
Ninguém queria ficar sozinho em casa.
Aber die Wohnung leer stehen zu lassen, kam auch nicht in Frage.
Mas deixar o apartamento vazio também estava fora de questão.
Das Dienstmädchen war die Einzige, die nicht an die Wohnung gebunden war.
A empregada doméstica era a única que não estava vinculada ao apartamento.
Sie hatte bereits am ersten Tag darum gebeten, gehen zu dürfen.
Ela já havia pedido para ir embora no primeiro dia.
Sie kniete nieder und flehte darum, entlassen zu werden.
Ela se ajoelhou e implorou para ser dispensada.
Die Familie wusste nicht, wie viel das Dienstmädchen tatsächlich wusste.
A família não sabia o quanto a empregada doméstica realmente sabia.
Zu diesem Zeitpunkt hatte sie nicht mehr gesehen als alle anderen.
Naquele momento, ela não tinha visto mais do que qualquer outra pessoa.
Was geschehen war, blieb der Familie weiterhin ein Rätsel.
O que havia acontecido ainda era um mistério para a família.
Doch eine Viertelstunde später verabschiedete sie sich.
Mas um quarto de hora depois ela se despediu.
Und sie dankte der Familie mit Tränen in den Augen.
E ela agradeceu à família com lágrimas nos olhos.
Aber eigentlich dankte sie ihnen dafür, dass sie sie freigelassen hatten.
Mas na verdade, ela os agradeceu por tê-la libertado.
Sie schienen ihr größte Freundlichkeit entgegengebracht zu haben.
Eles pareciam ter demonstrado a maior gentileza para com ela.

Sie leistete sogar einen Eid, ohne dazu aufgefordert worden zu sein.

Ela chegou até a fazer um juramento, sem que lhe pedissem.

Sie sagte, sie würde niemandem erzählen, was passiert war.

Ela disse que não contaria a ninguém o que havia acontecido.

Nun musste die Schwester zusammen mit ihrer Mutter kochen.

Agora a irmã tinha que cozinhar junto com a mãe.

Das war aber keine allzu große Unannehmlichkeit.

Mas isso não chegou a ser um grande inconveniente.

Weil die beiden sowieso fast nichts aßen.

Porque, de qualquer forma, os dois quase não comeram nada.

Immer und immer wieder hörte Gregor dasselbe Gespräch mit.

Gregor ouvia repetidamente a mesma conversa.

Einer der beiden sagte dem anderen, er müsse mehr essen.

Uma pessoa dizia à outra que precisava comer mais.

Diese Person erhielt jedoch keine Antwort von der betreffenden Person.

Mas essa pessoa não recebeu resposta da outra.

„Danke, ich habe genug", oder etwas Ähnliches.

"Obrigado, já tenho o suficiente", ou algo semelhante.

Vielleicht tranken sie auch gar nichts mehr.

Talvez eles também não bebessem mais nada.

Die Schwester fragte ihren Vater oft, ob er Bier wolle.

A irmã frequentemente perguntava ao pai se ele queria cerveja.

Und sie bot freundlicherweise an, das Bier selbst zu holen.

E ela se ofereceu gentilmente para buscar a cerveja ela mesma.

Der Vater schwieg auf ihre Bitte hin stets.

O pai sempre permanecia em silêncio a pedido dela.

Die Schwester musste also einen Weg finden, jeden Zweifel auszuräumen.

Então a irmã teve que encontrar uma maneira de dissipar qualquer dúvida.

Und sie sagte, sie würde das Dienstmädchen losschicken, um Bier zu holen.

E ela disse que mandaria a empregada buscar cerveja.

Doch dann sagte der Vater schließlich ein lautes, deutliches „Nein".

Mas então o pai finalmente disse um sonoro e retumbante "não".

Das Thema, dass er ein Bier trank, wurde danach nicht mehr erwähnt.

Então, o assunto de ele estar tomando uma cerveja deixou de ser mencionado.

Er hatte die finanzielle Situation bereits zuvor erläutert.

Ele já havia explicado a situação financeira anteriormente.

Tatsächlich sprach er schon am ersten Tag über Finanzen.

Na verdade, ele mencionou finanças logo no primeiro dia.

Er machte ihnen die Aussichten deutlich.

Ele os deixou bem cientes das perspectivas.

Sein eigenes Unternehmen war vor etwa fünf Jahren zusammengebrochen.

Seu próprio negócio havia falido há cerca de cinco anos.

Hin und wieder stand er auf, um den Tisch zu verlassen.

De vez em quando, ele se levantava para sair da mesa.

Und er ging zur Kasse seines alten Geschäfts.

E ele foi até o caixa de seu antigo negócio.

Aus Sentimentalität hatte er die Kasse aufgehoben.

Ele havia guardado a caixa registradora por sentimentalismo.

Gregor hörte, wie er ein schweres und kompliziertes Schloss öffnete.

Gregor ouviu-o destrancar uma fechadura pesada e complicada.

Und er holte Quittungen und Bücher aus der Kasse.

E ele retirou recibos e livros da caixa registradora.

Nachdem er die Gegenstände an sich genommen hatte, schloss er die Geldkassette wieder ab.

Após retirar os objetos, ele trancou a caixa registradora novamente.

Gregor hatte seit seiner Gefangennahme keine guten Nachrichten mehr erhalten.

Gregor não recebera boas notícias desde sua prisão.

Er glaubte, das Geschäft habe seinen Vater in den Ruin
getrieben.
Ele achava que o negócio tinha levado seu pai à falência.
Dieser Eindruck war Gregor vom Vater sicherlich vermittelt
worden.
O pai certamente havia passado essa impressão a Gregor.
Und Gregor fragte ihn nie wieder nach den Finanzen.
E Gregor nunca mais lhe perguntou nada sobre as finanças.
Gregor wollte alles tun, was er konnte, um der Familie zu
helfen.
Gregor queria fazer tudo o que estivesse ao seu alcance para
ajudar a família.
Er wollte ihnen helfen, das geschäftliche Unglück zu
vergessen.
Ele queria ajudá-los a esquecer o infortúnio nos negócios.
Der Bankrott, der zur völligen Hoffnungslosigkeit führte.
A falência que trouxe completo desespero.
So begann er mit einer ganz besonderen Leidenschaft zu
arbeiten.
Então ele começou a trabalhar com uma paixão muito especial.
Er war quasi über Nacht zum Handelsreisenden geworden.
Ele se tornou um vendedor viajante quase da noite para o dia.
Davor hatte er lediglich als schlecht bezahlter Angestellter
gearbeitet.
Antes disso, ele trabalhava apenas como um escriturário mal
remunerado.
Nun boten sich ihm völlig andere Verdienstmöglichkeiten.
Agora ele tinha oportunidades de ganho completamente
diferentes.
Erfolgreiche Verkäufe konnten sofort in Bargeld
umgewandelt werden.
Vendas bem-sucedidas podem ser convertidas imediatamente
em dinheiro.
Das Geld wird natürlich aus seinen Provisionen ausgezahlt.
O dinheiro, claro, é pago através de suas comissões.
Nun konnte Gregor Geld auf den Familientisch bringen.
Agora Gregor podia colocar dinheiro na mesa da família.

Und sie waren erstaunt und erfreut über seinen Verdienst.
E eles ficaram admirados e felizes com seus ganhos.
Aber diese schönen Zeiten werden sich nicht wiederholen.
Mas aqueles belos momentos não se repetirão.
Sie hatten sich gerade erst an diese schönen Zeiten gewöhnt.
Eles tinham acabado de se acostumar com esses bons tempos.
Jeden Zahltag nahm die Familie das Geld dankbar entgegen.
A cada dia de pagamento, a família aceitava o dinheiro com
gratidão.
**Und Gregor war ebenso gern bereit, das Geld
herauszugeben.**
E Gregor ficou igualmente feliz em entregar o dinheiro.
**Doch die im Gegenzug entgegengebrachte herzliche
Zuneigung erlosch allmählich.**
Mas o afeto caloroso retribuído foi desaparecendo aos poucos.
Nur seine Schwester stand Gregor noch so nahe wie zuvor.
Apenas sua irmã permaneceu tão próxima de Gregor como
antes.
**Im Gegensatz zu Gregor hatte sie eine tiefe Wertschätzung
für Musik.**
Ao contrário de Gregor, ela tinha um profundo apreço pela
música.
Und sie konnte sehr berührend Geige spielen.
E ela sabia tocar violino de uma forma muito comovente.
**Gregor plante insgeheim, sie auf eine Musikschule zu
schicken.**
Gregor planejava secretamente enviá-la para uma escola de
música.
**Er hatte noch nicht entschieden, wie er die Kosten decken
würde.**
Ele ainda não havia decidido como pagaria as despesas.
Aber irgendwie würde er die Kosten decken.
Mas, de um jeito ou de outro, ele cobriria os custos.
**Gelegentlich unternahmen Gregor und seine Familie
Kurztrips.**
Ocasionalmente, Gregor e a família faziam viagens curtas.

Gregor und seine Schwester sprachen oft über dieses Thema.

Gregor e a irmã frequentemente tocavam no assunto.

Es wurde aber immer nur als eine wunderbare Idee erwähnt.

Mas isso só foi mencionado como uma ideia maravilhosa.

Sie glaubten nicht wirklich, dass der Traum in Erfüllung gehen könnte.

Eles realmente não acreditavam que o sonho pudesse se realizar.

Und den Eltern gefielen solche fantasievollen Ambitionen nicht.

E os pais não gostavam de ambições tão fantasiosas.

Selbst wenn das Thema ganz harmlos angesprochen wurde.

Mesmo quando o assunto foi levantado de forma totalmente inocente.

Gregor dachte aber weiterhin an die Musikschule.

Mas Gregor continuou pensando na escola de música.

Und er hatte vor, das Geschenk am Heiligabend anzukündigen.

E ele planejava anunciar o presente na véspera de Natal.

In seinem jetzigen Zustand wäre das natürlich unmöglich.

É claro que, em seu estado atual, isso seria impossível.

Doch solche Gedanken gingen ihm durch den Kopf.

Mas esse tipo de pensamento lhe passava pela cabeça.

Und solche Gedanken kamen ihm, während er der Familie zuhörte.

E esses pensamentos o atormentavam enquanto ouvia a família.

Manchmal war er zu müde, um ihnen weiter zuzuhören.

Às vezes, ele ficava tão cansado que não conseguia mais ouvi-los.

Vor Erschöpfung sank sein Kopf gegen die Tür.

Sua cabeça caiu contra a porta, tomada pelo cansaço.

Doch er legte sofort wieder seinen Kopf gegen die Tür.

Mas ele imediatamente encostou a cabeça na porta novamente.

Denn selbst das leiseste Geräusch war draußen zu hören.

Porque até o menor ruído podia ser ouvido do lado de fora.

Und jedes Geräusch, das er machte, brachte die Familie zum
Schweigen.

E qualquer ruído que ele fizesse silenciava a família.

„Was macht er denn jetzt?", fragte der Vater die Familie.

"O que ele está fazendo agora?", perguntou o pai à família.

Und er ging zur Tür, um nachzusehen, was das Geräusch
verursachte.

E ele foi até a porta para verificar o que era aquele barulho.

Und dann wurde das unterbrochene Gespräch allmählich
wieder aufgenommen.

E então a conversa interrompida foi gradualmente retomada.

Was der Vater aber sagte, überraschte alle auf positive
Weise.

Mas o que o pai disse surpreendeu a todos positivamente.

Gregor erfuhr nun den wahren Stand der Finanzen.

Gregor então tomou conhecimento da verdadeira situação
financeira da empresa.

Trotz all des Unglücks gab es auch etwas Glück.

Apesar de todos os infortúnios, houve também alguma sorte.

Ein kleines Vermögen aus alten Zeiten war noch vorhanden.

Uma pequena fortuna dos tempos antigos ainda estava lá.

Der Vater erklärte die Dinge, musste sich aber wiederholen.

O pai explicou as coisas, mas teve que repeti-las.

Weil er sich eine Weile nicht mehr mit diesen Dingen
befasst hatte.

Porque ele não lidava com essas coisas há algum tempo.

Und weil die Mutter solche Dinge nicht verstand.

E porque a mãe não entendia essas coisas.

Die Zinssätze der Bank waren etwas gestiegen.

As taxas de juros do banco subiram um pouco.

Das unberührte Geld hatte sich stärker erhöht als erwartet.

O dinheiro intocado aumentou mais do que o esperado.

Darüber hinaus hatte Gregor ihnen immer seine Ersparnisse
gegeben.

Além disso, Gregor sempre lhes dava suas economias.

Er hatte nur wenige Gulden für sich behalten.

Ele sempre havia guardado apenas alguns florins para si.

**Und sein Geld war auch noch nicht vollständig
aufgebraucht.**

E o dinheiro dele também não tinha sido completamente
gasto.

**Zusammen hatte sich dieses Geld zu einem kleinen Kapital
angesammelt.**

Juntos, esse dinheiro havia se acumulado, formando um
pequeno capital.

Gregor nickte hinter seiner Tür eifrig zu der Nachricht.

Gregor, atrás da porta, assentiu ansiosamente com a notícia.

**Er war erfreut über diese unerwartete Vorsicht und
Sparsamkeit.**

Ele ficou satisfeito com essa cautela e frugalidade inesperadas.

**Die überschüssigen Mittel hätten zur Tilgung der Schulden
verwendet werden können.**

Os fundos excedentes poderiam ter sido usados para pagar a
dívida.

Dann hätten sie dem Chef nichts mehr geschuldet.

Então eles não teriam mais nenhuma responsabilidade para
com o chefe.

**Und Gregor hätte schon viel früher eine neue Stelle
annehmen können.**

E Gregor poderia ter mudado de emprego muito antes.

**Aber so, wie der Vater es arrangiert hatte, war es jetzt viel
besser.**

Mas a forma como o pai organizou tudo ficou muito melhor
agora.

Das Geld reichte nicht ganz zum Leben von den Zinsen.

O dinheiro não era suficiente para viver dos juros.

**Und ein Teil des Geldes musste für Notfälle zurückgelegt
werden.**

E era preciso reservar algum dinheiro para emergências.

Das Geld hätte nur für ein oder zwei Jahre gereicht.

Essa quantia seria suficiente apenas para um ou dois anos.

**Das bedeutete, dass jemand Geld verdienen musste, damit
sie leben konnten.**

Isso significava que alguém tinha que ganhar dinheiro para que eles pudessem viver.

Der Vater war nicht krank und er war stark genug.

O pai não tinha problemas de saúde e era bastante forte.

Doch er war seit mehr als fünf Jahren arbeitslos.

Mas ele estava desempregado há mais de cinco anos.

Und aufgrund seines Alters hatte er kaum noch Selbstvertrauen.

E, devido à sua idade, restava-lhe pouca autoconfiança.

Er hatte in letzter Zeit auch deutlich an Gewicht zugenommen.

Ele também havia engordado bastante nos últimos tempos.

Sein Leben war stets mühsam und erfolglos gewesen.

Sua vida sempre fora árdua e malsucedida.

Und dies war der erste Urlaub, den er je verbracht hatte.

E essas tinham sido as primeiras férias que ele já havia tirado.

Und da er nicht beschäftigt war, war er ziemlich ungeschickt geworden.

E, sem ter o que fazer, ele havia se tornado bastante desajeitado.

Wäre es besser, wenn die alte Mutter das Geld verdienen würde?

Seria melhor se a mãe idosa ganhasse o dinheiro?

Die alte Mutter, die an Asthma litt.

A velha mãe que sofria de asma.

Die alte Mutter, die Mühe hatte, die Treppe hinaufzugehen.

A velha mãe que tinha dificuldade para subir as escadas.

Die alte Mutter, die ihre Zeit damit verbrachte, auf dem Sofa zu liegen.

A velha mãe que passava o tempo deitada no sofá.

Die alte Mutter, die es vorzog, am Fenster zu sitzen.

A velha mãe que preferia ficar junto à janela.

Damit sie bei Bedarf durchatmen konnte.

Para que ela pudesse recuperar o fôlego quando precisasse.

Wäre es besser, wenn die jüngere Schwester das Geld verdienen würde?

Seria melhor se a irmã mais nova ganhasse o dinheiro?

Die Schwester, die mit siebzehn Jahren noch ein Kind war.

A irmã, que aos dezessete anos ainda era apenas uma criança.

Die Schwester, die nur wenige, bescheidene Freuden hatte.

A irmã que tinha apenas alguns poucos prazeres modestos.

Die Schwester, die am liebsten Geige spielte.

A irmã que gostava principalmente de tocar violino.

Sie wusste, dass ihr bisheriger Lebensstil sehr beneidenswert war;

Ela sabia que seu estilo de vida anterior era muito invejável;

Sich schick anziehen, ausschlafen, im Haushalt helfen.

Vestir-se bem, acordar tarde, ajudar nas tarefas domésticas.

Das Gespräch drehte sich oft um die Notwendigkeit, Geld zu verdienen.

A conversa frequentemente girava em torno da necessidade de ganhar dinheiro.

Gregor war immer der Erste, der die Tür losließ.

Gregor era sempre o primeiro a soltar a porta.

Das Gespräch erfüllte ihn mit Scham und Trauer.

A conversa o deixou tomado por vergonha e tristeza.

Also warf er sich auf das kühle Ledersofa.

Então ele se jogou no sofá de couro refrescante.

Und den Rest der Nacht verbrachte er oft auf dem Sofa.

E muitas vezes ele passava o resto da noite no sofá.

Er hat nie wirklich auf dem Sofa geschlafen, auch nicht nachts.

Ele nunca chegou a dormir no sofá, nem durante a noite.

Oft kratzte er stundenlang an dem Leder.

Muitas vezes, ele simplesmente arranhava o couro por horas a fio.

Manchmal schob er den Sessel ans Fenster.

Outras vezes, ele empurrava a poltrona até a janela.

Allein dies erforderte von seiner Seite einen erheblichen Aufwand.

Só isso já exigiu um grande esforço da parte dele.

Der Sessel half ihm, auf die Fensterbank zu klettern.

A poltrona o ajudou a rastejar até o parapeito da janela.

Und von dort aus konnte er sich ans Fenster lehnen.

E dali ele conseguiu se encostar na janela.

Er empfand dabei stets ein großes Gefühl der Freiheit.

Ele costumava sentir uma grande sensação de liberdade fazendo isso.

Vielleicht suchte er nach einem alten, befreienden Gefühl.

Talvez ele estivesse buscando alguma antiga sensação libertadora.

Doch seine Sehkraft war nicht mehr so scharf wie früher.

Mas sua visão já não era tão nítida como antes.

Dinge in geringer Entfernung waren verschwommen und undeutlich.

As coisas que estavam um pouco distantes ficavam desfocadas e indistintas.

Er konnte das Krankenhaus auf der anderen Straßenseite nicht mehr sehen.

Ele já não conseguia ver o hospital do outro lado da rua.

Vorher hatte er den Anblick verflucht, jetzt wollte er ihn sehen.

Antes ele amaldiçoava a vista, agora queria vê-la.

Er wusste, dass er in der ruhigen, städtischen Charlottenstraße wohnte.

Ele sabia que morava na tranquila e urbana Charlottenstrasse.

Aber vielleicht dachte er, er blicke in die Wüste.

Mas talvez ele tenha pensado que estava olhando para o deserto.

Eine Ödnis, wo grauer Himmel und graue Erde verschmolzen.

Um deserto onde o céu cinzento e a terra cinzenta se fundiam.

Zweimal bemerkte die aufmerksame Schwester, dass der Stuhl verschoben worden war.

Por duas vezes, a irmã atenta percebeu que a cadeira havia se movido.

Nachdem sie aufgeräumt hatte, schob sie den Stuhl zurück ans Fenster.

Depois de arrumar, ela empurrou a cadeira de volta para a janela.

Und von nun an ließ sie sogar den Fensterflügel offen.

E a partir de então, ela passou a deixar até a janela aberta.

Gregor wünschte sich sehr, er hätte mit seiner Schwester sprechen können.

Gregor desejava muito ter podido falar com sua irmã.

Er wollte ihr für alles danken, was sie für ihn getan hatte.

Ele queria agradecer a ela por tudo o que ela fez por ele.

Dann hätte er ihre Dienste leichter toleriert.

Então ele teria tolerado os serviços deles com mais facilidade.

Doch so wie die Dinge standen, litt er darunter, dass sie ihm half.

Mas, como as coisas estavam, ele sofreu com a ajuda dela.

Die Schwester versuchte natürlich, die Peinlichkeit zu überspielen.

A irmã, naturalmente, tentou disfarçar o constrangimento.

Und sie tat ihr Bestes, so zu tun, als ob sie sich nicht belastet fühlte.

E ela fez o possível para fingir que não se sentia sobrecarregada.

Natürlich musste sie das erst einmal üben.

É claro que isso era algo que ela precisava praticar primeiro.

Und je mehr Zeit verging, desto besser wurde sie darin.

E quanto mais o tempo passava, melhor ela ficava nisso.

Gregor erhielt jedoch auch mehr Zeit, um ihr Täuschungsmanöver zu durchschauen.

Mas Gregor também teve mais tempo para perceber a farsa dela.

Schon das Betreten seines Zimmers durch sie war für ihn eine Tortur.

Até mesmo a entrada dela em seu quarto era uma provação para ele.

Kaum war sie eingetreten, rannte sie direkt zum Fenster.

Assim que entrou, correu diretamente para a janela.

Sie nahm sich nicht einmal die Zeit, die Tür zu schließen.

Ela nem sequer se deu ao trabalho de fechar a porta.

Normalerweise ersparte sie allen den Anblick von Gregors Zimmer.

Normalmente, ela poupava a todos da visão do quarto de Gregor.

Und mit hastigen Händen riss sie das Fenster auf.

E ela abriu a janela com um puxão rápido das mãos.

Dann atmete sie wieder, als ob sie erstickt wäre.

Então ela respirou fundo novamente, como se estivesse sufocando.

Die einströmende Luft war kalt, und sie atmete tief durch.

O ar que entrava estava frio, e ela respirou fundo.

Dennoch blieb sie noch eine Weile am Fenster stehen.

Mas, mesmo assim, ela permaneceu junto à janela por um tempo.

Mit dieser Routine ängstigte sie Gregor zweimal täglich.

Com essa rotina, ela assustava Gregor duas vezes por dia.

Während sie im Zimmer war, zitterte er unter dem Sofa.

Enquanto ela estava na sala, ele tremia debaixo do sofá.

Er wusste, dass sie ihm diese Tortur gern erspart hätte.

Ele sabia que ela teria preferido poupá-lo desse sofrimento.

Aber sie konnte nicht in dem Zimmer sein, wenn das Fenster geschlossen war.

Mas ela não podia ficar no quarto com a janela fechada.

Einmal kam sie etwas früher.

Houve uma vez em que ela chegou um pouco mais cedo.

Vermutlich etwa einen Monat nach Gregors Verwandlung.

Provavelmente cerca de um mês após a transformação de Gregor.

Sie hatte sich ein wenig an sein neues Aussehen gewöhnt.

Ela já havia se acostumado, em certa medida, com sua nova aparência.

Sie hatte also keinen Grund mehr, besonders schockiert zu sein.

Portanto, ela não tinha mais motivos para ficar particularmente chocada.

Sie fand ihn immer noch regungslos aus dem Fenster starrend vor.

Ela o encontrou ainda olhando pela janela, imóvel.

Er befand sich am schrecklichsten Ort, an dem er hätte sein können.

Ele estava no pior lugar possível.

Er wäre nicht überrascht gewesen, wenn sie nicht hereingekommen wäre.

Ele não teria ficado surpreso se ela não tivesse entrado.

Er hinderte sie daran, das Fenster zu öffnen.

Onde ele a impediu de abrir a janela.

Sie verließ schnell wieder das Zimmer und schloss die Tür.

Ela saiu rapidamente do quarto novamente e fechou a porta.

Ein Fremder hätte zu allen möglichen Schlussfolgerungen gelangen können.

Um estranho poderia ter chegado a todo tipo de conclusão.

Vielleicht wartete er nur auf die Gelegenheit, sie zu beißen.

Talvez ele estivesse apenas esperando a oportunidade de mordê-la.

Gregor versteckte sich natürlich sofort unter dem Sofa.

Gregor, é claro, imediatamente se escondeu debaixo do sofá.

Doch er musste bis Mittag warten, bis seine Schwester zurückkehrte.

Mas ele teve que esperar até o meio-dia para que sua irmã retornasse.

Und sie wirkte viel unruhiger als sonst.

E ela parecia muito mais inquieta do que o normal.

Ihm wurde klar, dass der Anblick von ihm immer noch unerträglich war.

Ele percebeu que vê-lo ainda lhe era insuportável.

Der Anblick von ihm würde für sie weiterhin unerträglich bleiben.

A visão dele continuaria sendo insuportável para ela.

Sie konnte es wahrscheinlich nicht ertragen, auch nur einen Teil von ihm zu sehen.

Provavelmente, ela não suportaria ver nenhuma parte dele.

Ein kleines Teil ragte immer unter dem Sofa hervor.

Uma pequena parte sempre ficava visível debaixo do sofá.

Eines Tages trug er ein Bettlaken auf dem Rücken zum Sofa.

Certo dia, ele carregou um lençol nas costas até o sofá.

Er wollte verhindern, dass sie irgendetwas von ihm sah.
Ele queria evitar que ela visse qualquer parte dele.
Er richtete das Bettlaken so aus, dass er vollständig verdeckt war.
Ele arrumou o lençol de forma que ficasse completamente escondido.
Selbst wenn sie sich bückte, könnte sie ihn nicht sehen.
Mesmo que ela se abaixasse, não conseguiria vê-lo.
Für Gregor dauerte die gesamte Arbeit mehr als drei Stunden.
Todo o processo levou mais de três horas para Gregor.
Möglicherweise hielt sie das Bettlaken für überflüssig.
Ela pode ter pensado que o lençol era desnecessário.
Sie hätte gewusst, dass er das Bettlaken nicht wollte.
Ela teria sabido que ele não queria o lençol.
Er tat es zu ihrem Wohlbefinden und nicht für sich selbst.
Ele estava fazendo isso para o conforto dela, e não para o seu próprio.
Und sie hätte das Bettlaken abnehmen können, wenn sie gewollt hätte.
E ela poderia ter tirado o lençol se quisesse.
Aber sie ließ das Bettlaken dort, wo Gregor es hingelegt hatte.
Mas ela deixou o lençol onde Gregor o havia colocado.
Und Gregor glaubte sogar, einen dankbaren Blick erhascht zu haben.
E Gregor chegou a pensar que tinha captado um olhar de gratidão.
Er hatte das Bettlaken vorsichtig mit dem Kopf angehoben.
Ele levantou delicadamente o lençol com a cabeça.
Er wollte herausfinden, ob seiner Schwester die Vereinbarung gefiel.
Ele queria ver se a irmã gostava do acordo.

Die ersten zwei Wochen waren für die Eltern am schwierigsten.
As duas primeiras semanas foram as mais difíceis para os pais.

Sie brachten es nicht übers Herz, hereinzukommen und ihn zu sehen.

Eles não conseguiam se obrigar a entrar e vê-lo.

Er belauschte in dieser Zeit viele ihrer Gespräche.

Ele ouviu muitas das conversas deles naquela época.

Sie nahmen alles, was die Schwester tat, voll und ganz zur Kenntnis.

Eles reconheceram plenamente tudo o que a irmã estava fazendo.

Auch wenn sie früher oft verärgert über sie waren.

Embora muitas vezes se irritassem com ela.

Weil sie ein ziemlich nutzloses Mädchen gewesen zu sein schien.

Porque ela parecia ser uma garota um tanto inútil.

Nun warteten sie auf der anderen Seite des Raumes.

Agora eram eles que esperavam do outro lado da sala.

Und sie war es, die den Raum betrat, um alles zu erledigen.

E foi ela quem entrou no quarto para fazer tudo.

Sobald sie herauskam, wollten sie alles wissen.

Assim que ela saiu, eles quiseram saber de tudo.

Sie musste ihnen genau beschreiben, wie das Zimmer aussah.

Ela teve que descrever exatamente como era o quarto.

„Was hat Gregor gegessen? Wie hat er sich diesmal verhalten?"

"O que Gregor comeu? Como ele se comportou desta vez?"

„War vielleicht eine leichte Verbesserung zu bemerken?"

"Havia, talvez, alguma ligeira melhoria a ser notada?"

Die Mutter war übrigens tatsächlich mutiger.

Aliás, a mãe foi, na verdade, mais corajosa.

Und natürlich war es ihr eigener Sohn im Zimmer.

E, claro, era o próprio filho dela que estava dentro do quarto.

Sie wollte Gregor eigentlich schon bald besuchen.

Na verdade, ela queria visitar Gregor relativamente em breve.

Doch der Vater und die Schwester hielten sie zunächst zurück.

Mas o pai e a irmã inicialmente a impediram.

Sie brachten sehr rationale Argumente dafür vor, dass sie
nicht gehen sollte.
Eles apresentaram argumentos muito racionais para que ela
não fosse.
Gregor hörte ihren Argumenten sehr aufmerksam zu.
Gregor escutou com muita atenção o raciocínio deles.
Und er akzeptierte die Argumentation genauso wie seine
Mutter.
E ele aceitou o raciocínio tanto quanto sua mãe.
Später musste sie jedoch mit Gewalt zurückgehalten
werden.
Mais tarde, porém, ela teve que ser contida à força.
"Lasst mich zu Gregor hinein, er ist mein unglücklicher
Sohn!"
"Deixem-me entrar para falar com Gregor, ele é meu filho,
infelizmente!"
"Verstehst du denn nicht, dass ich ihn aufsuchen muss?"
"Você não entende que eu preciso ir vê-lo?"
Gregor ließ sich ebenfalls von den Argumenten seiner
Mutter überzeugen.
Gregor também foi convencido pelos argumentos de sua mãe.
Vielleicht hatte sie recht; es wäre gut, wenn sie hereinkäme.
Talvez ela tivesse razão; seria bom se ela entrasse.
Ihn jeden Tag zu besuchen, wäre viel zu viel.
Visitar ele todos os dias seria demais.
Aber ihn vielleicht einmal pro Woche zu sehen, könnte
genügen.
Mas vê-lo talvez uma vez por semana seja suficiente.
Sie versteht die Dinge vielleicht viel besser als die
Schwester.
Ela talvez entenda as coisas muito melhor do que a irmã.
Trotz all ihres Mutes war sie doch nur ein Kind.
Apesar de toda a sua coragem, ela ainda era apenas uma
criança.
Vielleicht war es kindliche Unbekümmertheit, die sie dazu
veranlasste, diese Aufgabe anzunehmen.

Talvez uma imprudência infantil a tenha levado a aceitar a tarefa.

Doch Gregors Wunsch, seine Mutter wiederzusehen, ging bald in Erfüllung.

Mas o desejo de Gregor de ver sua mãe logo se realizou.

Tagsüber hielt sich Gregor vom Fenster fern.

Durante o dia, Gregor mantinha-se afastado da janela.

Dies tat er aus Rücksicht auf seine Eltern.

Ele fez isso por consideração aos seus pais.

Er hatte nicht viel Platz, um auf dem Boden herumzukriechen.

Ele não tinha muito espaço para rastejar pelo chão.

Es fiel ihm schwer, nachts still zu liegen.

Ele tinha dificuldade em ficar imóvel durante a noite.

Das Essen bereitete ihm nicht einmal mehr die geringste Freude.

Comer já não lhe dava o menor prazer.

Natürlich musste er sich irgendwie ablenken.

É claro que ele precisava encontrar alguma forma de se distrair.

Um sich die Zeit zu vertreiben, kletterte er die Wände rauf und runter.

Para se entreter, ele subia e descia pelas paredes.

Und er kroch auch kopfüber an der Decke entlang.

E ele também rastejou pelo teto, de cabeça para baixo.

Besonders glücklich war er, als er von der Decke hing.

Ele ficava especialmente feliz quando estava pendurado no teto.

Es war etwas völlig anderes, als auf dem Boden zu liegen.

Era completamente diferente de estar deitado no chão.

In dieser Position fiel ihm das Atmen deutlich leichter.

Ele achou muito mais fácil respirar nessa posição.

Ein leichtes, aber angenehmes Kribbeln durchfuhr seinen Körper.

Uma vibração leve, porém agradável, percorreu seu corpo.

Manchmal gab er sich seinem Glück sogar zu sehr hin.

Às vezes, ele se entregava até demais à sua felicidade.

Manchmal ließ er sich ablenken und ließ die Decke los.

Às vezes ele se distraía e se soltava do teto.

Und zu seiner eigenen Überraschung landete er wieder auf dem Boden.

E, para sua própria surpresa, ele pousou de volta no chão.

Aber er hatte seinen Körper deutlich besser unter Kontrolle als zuvor.

Mas ele tinha muito mais controle sobre o próprio corpo do que antes.

So verletzte er sich nun nicht mehr bei so heftigen Stürzen.

Então ele não se machucou com quedas tão grandes desta vez.

Die Schwester bemerkte sofort Gregors neue Freude.

A irmã percebeu imediatamente o novo prazer de Gregor.

Und dort, wo er gekrochen war, waren Klebstoffreste zu sehen.

E havia vestígios de adesivo por onde ele havia rastejado.

Auch hier dachte die Schwester an Gregors Wohlbefinden.

Mais uma vez, a irmã pensou no bem-estar de Gregor.

Vielleicht würde er mehr Platz zum Herumkriechen begrüßen.

Talvez ele gostasse de ter mais espaço para rastejar.

Und der Gedanke hatte sich fest in ihrem Kopf verankert.

E a ideia se fixou firmemente em sua mente.

Einige der großen Möbelstücke behinderten seine Bewegungsfreiheit.

Alguns dos móveis grandes impediam sua livre movimentação.

Da er nicht mehr arbeitete, brauchte er den Schreibtisch nicht mehr.

Ele não trabalhava mais, então não precisava mais da mesa.

Und die Schachtel nahm auch mehr Platz ein als nötig. ***

E a caixa ocupava mais espaço do que o necessário. ***

Die Schwester war nicht in der Lage, diese Dinge allein zu bewegen.

A irmã não conseguiu mover essas coisas sozinha.

Natürlich wagte sie es nicht, den Vater um Hilfe zu bitten.

É claro que ela não se atreveu a pedir ajuda ao pai.

Das Dienstmädchen hätte ihr sicherlich auch nicht geholfen.
A empregada doméstica certamente também não a teria
ajudado.
**Das neue Dienstmädchen war tatsächlich ein Jahr jünger als
sie.**
A nova empregada doméstica era, na verdade, um ano mais
nova do que ela.
**Sie hatte mutig die Rolle der ehemaligen Magd
übernommen.**
Ela havia assumido corajosamente o papel da antiga
empregada doméstica.
Doch ein Privileg wollte sie unbedingt haben.
Mas havia um privilégio que ela insistia em ter.
Sie wollte die Küche stets verschlossen halten.
Ela queria manter a cozinha trancada o tempo todo.
**Daher blieb der Schwester nichts anderes übrig, als ihre
Mutter zu fragen.**
Então a irmã não teve outra escolha senão perguntar à mãe.
**Unter Freudenschreien kam die Mutter herbei, um zu
helfen.**
Com gritos de alegria e entusiasmo, a mãe veio ajudar.
Doch an der Tür zu Gregors Zimmer verstummte sie.
Mas ela ficou em silêncio à porta do quarto de Gregor.
**Die Schwester überprüfte, ob im Zimmer alles in Ordnung
war.**
A irmã verificou se estava tudo bem no quarto.
Gregor hatte das Bettlaken hastig noch straffer gezogen.
Gregor puxou o lençol com ainda mais força, apressadamente.
**Obwohl das Bettlaken immer noch willkürlich angeordnet
aussah.**
Embora o lençol ainda parecesse arrumado aleatoriamente.
Erst dann ließ sie ihre Mutter ins Zimmer.
E só então ela deixou sua mãe entrar no quarto.
**Gregor verzichtete auch darauf, unter dem Laken
hervorzuspähen.**
Gregor também se absteve de espiar por baixo do lençol.

Er beschloss, diesmal auf einen Besuch bei seiner Mutter zu verzichten.
Ele decidiu não visitar a mãe desta vez.
Gregor war schon froh genug, dass sie überhaupt gekommen war.
Gregor ficou bastante contente por ela ter aparecido.
„Komm herein, du kannst ihn nicht sehen", sagte die Schwester.
"Entre, você não pode vê-lo", disse a irmã.
Gregor nahm an, dass sie ihre Mutter an der Hand führte.
Gregor supôs que ela conduzia a mãe pela mão.
Dann hörte er, wie die beiden schwachen Frauen die Möbel verrückten.
Então ele ouviu as duas mulheres fracas movendo os móveis.
Die Schwester schien den größten Teil der Arbeit für sich zu beanspruchen.
A irmã parecia ter ficado com a maior parte do trabalho para si.
Ihre Mutter befürchtete, sie würde sich überanstrengen.
Sua mãe temia que ela se esforçasse demais.
Doch die Schwester schenkte diesen Warnungen keine Beachtung.
Mas a irmã não deu atenção a esses avisos.
Doch auch nach fünfzehn Minuten ging es nur sehr langsam voran.
Mas mesmo após quinze minutos o progresso era muito lento.
Es war ihnen nicht gelungen, die Möbel weit zu bewegen.
Eles não conseguiram mover os móveis muito longe.
Langsam beschlich sie ein Gefühl der Niederlage.
Eles estavam lentamente começando a sentir uma sensação de derrota.
Die Mutter war die Erste, die die Sinnlosigkeit eingestand.
A mãe foi a primeira a admitir a futilidade da situação.
"Vielleicht wäre es besser, die Schachtel hier zu lassen."
"Talvez fosse melhor deixar a caixa aqui."
„Die Kiste ist zu schwer, als dass wir sie noch viel weiter bewegen könnten."

"A caixa é pesada demais para que possamos movê-la muito mais longe."

„Und wir werden nicht fertig sein, bevor dein Vater eintrifft.“

"E não terminaremos antes da chegada do seu pai."

„Wenn wir die Kiste hier lassen würden, würde das seinen Weg nur noch mehr versperren.“

"Deixar a caixa aqui só bloquearia ainda mais o caminho dele."

Und können wir sicher sein, dass wir ihm damit einen Gefallen tun?

"E podemos ter certeza de que estamos lhe fazendo um favor?"

Sie begannen zu glauben, dass das Gegenteil durchaus der Fall sein könnte.

Eles começaram a pensar que o oposto poderia muito bem ser verdade.

Der Anblick der leeren Wand lastete schwer auf ihrem Herzen.

A visão da parede vazia pesava muito em seu coração.

Was spricht dagegen, dass Gregor das auch so empfinden würde?

Quem garante que Gregor não se sentiria da mesma forma?

„Er hat sich bereits an die Möbel in seinem Zimmer gewöhnt.“

"Ele já está acostumado com os móveis do quarto dele."

„In einem leeren Zimmer könnte er sich noch verlassener fühlen.“

"Ele pode se sentir ainda mais abandonado em um quarto vazio."

Ihre Stimme war inzwischen fast zu einem Flüstern gesunken.

A essa altura, sua voz já havia se reduzido quase a um sussurro.

Sie wusste tatsächlich nicht, wo sich Gregor genau aufhielt.

Na verdade, ela não sabia o paradeiro exato de Gregor.

Sie wollte nicht einmal, dass er ihre Stimme hörte.

Ela não queria que ele sequer ouvisse o som da sua voz.

Obwohl sie sich sicher war, dass er sie nicht verstand.

Embora ela tivesse certeza de que ele não a entendia.

„Würde es nicht so aussehen, als hätten wir ihn völlig aufgegeben?"

"Não pareceria que desistimos completamente dele?"

"Wird er nicht das Gefühl haben, dass wir ihn mit der Situation allein lassen?"

"Ele não vai se sentir como se o estivéssemos o deixando para lidar com isso sozinho?"

„Wir sollten den Raum genau so verlassen, wie er war."

"Devemos deixar a sala exatamente como a encontramos."

„Irgendwann wird Gregor zu uns zurückkehren, so wie er war."

"Eventualmente, Gregor voltará para nós como era antes."

„Dann wird er feststellen, dass alles noch an seinem Platz ist."

"Então ele verá que tudo ainda está em seu devido lugar."

„Und er wird die Übergangszeit viel leichter vergessen."

"E ele esquecerá o período intermediário com muito mais facilidade."

Als Gregor diese Worte hörte, begriff er etwas.

Ao ouvir essas palavras, Gregor percebeu algo.

Sein Verstand war in den letzten zwei Monaten verwirrt worden.

Sua mente ficou confusa nos últimos dois meses.

Der Mangel an menschlicher Interaktion hatte ihm nicht gutgetan.

A falta de interação humana não lhe tinha feito bem.

Er brauchte das eintönige Leben im Kreise seiner Familie wirklich.

Ele realmente precisava da vida monótona em meio à sua família.

Warum sonst hätte er eine solch unsinnige Forderung gestellt?

Por que mais ele faria uma exigência tão absurda?

Welchen Sinn sollte es denn haben, sein Zimmer zu räumen?

Que sentido fazia esvaziar o quarto dele?

Das gemütliche Zimmer war mit geerbten Möbeln eingerichtet.

O quarto aconchegante, mobiliado com móveis herdados.

Warum sollte er diese bekannte Wärme in eine Höhle verwandeln wollen?

Por que ele iria querer transformar esse calor conhecido em uma caverna?

Eine Höhle, in der er ungestört in alle Richtungen kriechen konnte.

Uma caverna onde ele pudesse rastejar em todas as direções em paz.

Doch in einer Höhle vergaß er rasch seine menschliche Vergangenheit.

Mas uma caverna na qual ele rapidamente esqueceu seu passado humano.

Er fragte sich, ob er schon kurz davor war, alles zu vergessen.

Ele se perguntou se já estava perto de esquecer.

Die Stimme seiner Mutter hatte ihn aufgerüttelt und seine Erinnerung wachgerufen.

A voz de sua mãe o fizera recordar.

Die Stimme, die er so lange nicht gehört hatte.

A voz que ele não ouvia há tanto tempo.

Nichts durfte entfernt werden; alles musste bleiben.

Nada deveria ser removido; tudo tinha que ficar.

Die Möbel wirkten sich positiv auf seinen Zustand aus.

Os móveis tiveram um efeito positivo em seu estado de saúde.

Und ohne diesen Anker zur Vergangenheit konnte er nicht zurechtkommen.

E ele não conseguiria lidar com a situação sem essa âncora que o ligava ao passado.

Die Möbel hinderten ihn daran, sinnlos herumzukriechen.

Os móveis o impediam de rastejar sem rumo.

Das war aber kein Verlust, sondern vielmehr ein großer Vorteil.

Mas isso não foi uma perda; pelo contrário, foi uma grande vantagem.

Leider hatte die Schwester eine ganz andere Meinung.
Infelizmente, a irmã tinha uma opinião muito diferente.
Sie war gewissermaßen zu einer Sprecherin Gregors geworden.
Ela havia se tornado, de certa forma, porta-voz de Gregor.
Natürlich war ihre Meinung nicht völlig unberechtigt.
É claro que a opinião dela não era totalmente injustificada.
Doch der Meinung ihrer Mutter musste hier widersprochen werden.
Mas a opinião da mãe dela teve que ser contestada nesse ponto.
Es war nicht nur die Kiste, die nun entfernt werden musste.
Não era apenas a caixa que agora precisava ser removida.
Sein Schreibtisch und der Kleiderschrank konnten ebenfalls nicht bleiben.
Sua escrivaninha e o guarda-roupa também não poderiam ficar.
Das Einzige, was unverzichtbar war, war das Sofa.
A única coisa indispensável era o sofá.
Sie hat diese Entscheidung nicht aus kindischem Trotz getroffen.
Ela não tomou essa decisão apenas por rebeldia infantil.
Es lag auch nicht an ihrem erst kürzlich gewonnenen Selbstvertrauen.
Também não foi a autoconfiança que ela adquiriu recentemente.
Das neue Selbstvertrauen, das sie hatte, trieb sie an, so hart für den Sieg zu arbeiten.
A nova confiança que ela adquiriu a motivou a trabalhar tanto para vencer.
Auch wenn niemand erwartet hatte, dass sie dazu in der Lage sein würde.
Embora ninguém esperasse que ela fosse capaz de fazê-lo.
Gregor brauchte tatsächlich viel Platz zum Kriechen.
Gregor realmente precisava de muito espaço para rastejar.
Die Möbel schränkten den ihm zur Verfügung stehenden Raum zusätzlich ein.

Os móveis apenas limitavam o espaço disponível.

Sie konnte diese Dinge besser sehen als die Mutter.

Ela conseguia enxergar essas coisas melhor do que a mãe.

Aber vielleicht spielte auch ihre romantische Ader eine Rolle.

Mas talvez seu espírito romântico também tenha desempenhado um papel.

Mädchen in diesem Alter entwickeln oft eine gewisse Begeisterung.

Meninas dessa idade costumam desenvolver um certo entusiasmo.

Und sie verspüren das Bedürfnis, ihren Willen durchzusetzen, wann immer es ihnen möglich ist.

E eles sentem necessidade de conseguir o que querem sempre que podem.

Vielleicht wollte sie ihn deshalb heimlich sabotieren.

Talvez seja por isso que ela queria sabotá-lo secretamente.

Noch furchterregender ist er, wenn er an den Wänden entlangkriecht.

Ele é ainda mais assustador quando rasteja pelas paredes.

Die Eltern trauten sich nicht mehr, das Zimmer zu betreten.

Os pais não se atreveriam mais a entrar no quarto.

Sie wäre tatsächlich die alleinige Betreuerin ihres Bruders.

Ela seria, de fato, a única responsável pelos cuidados do irmão.

Sie ließ sich von ihrer Mutter nicht umstimmen.

Ela não se deixou convencer pelo contrário.

Gregors Mutter fühlte sich in dem Zimmer bereits unwohl.

A mãe de Gregor já se sentia desconfortável no quarto.

Sie hörte bald auf zu sprechen und half ihrer Tochter erneut.

Ela logo parou de falar e voltou a ajudar a filha.

Mit ihren letzten Kräften entfernten sie den Kleiderschrank.

Com as forças que lhes restavam, eles removeram o guarda-roupa.

Auf die Kommode konnte er verzichten.

A cômoda era algo de que ele podia prescindir.

Der Schreibtisch musste aber vorerst dort bleiben.

Mas a escrivaninha teria que ficar por enquanto.

Während die Frauen weg waren, versuchte er, sich einen Überblick über den Raum zu verschaffen.

Enquanto as mulheres estavam fora, ele tentou avaliar o quarto.

Und Gregor streckte seinen Kopf unter dem Sofa hervor.

E Gregor colocou a cabeça para fora de debaixo do sofá.

Er musste sehen, was er in dieser Situation tun konnte.

Ele precisava ver o que podia fazer em relação à situação.

Aber er war so vorsichtig und rücksichtsvoll wie möglich.

Mas ele foi o mais cuidadoso e atencioso possível.

Leider war es die Mutter, die zuerst zurückkehrte.

Infelizmente, foi a mãe quem voltou primeiro.

Grete war noch dabei, den Kleiderschrank im Nebenzimmer umzustellen.

Grete ainda estava movendo o guarda-roupa para o quarto ao lado.

Die Mutter war den Anblick Gregors jedoch nicht gewohnt.

Mas a mãe não estava acostumada a ver Gregor.

Schon ein flüchtiger Blick auf ihn hätte sie krank machen können.

Um simples olhar para ele já a teria deixado doente.

Gregor eilte rückwärts zum anderen Ende des Sofas.

Gregor recuou apressadamente até a outra extremidade do sofá.

Aber er konnte sich nicht zurücklehnen und das Bettlaken ausbalancieren.

Mas ele não conseguiu se mover para trás e equilibrar o lençol.

Die Bewegung reichte aus, um die Aufmerksamkeit der Mutter zu erregen.

O movimento foi suficiente para chamar a atenção da mãe.

Sie hielt inne und verharrte einen kurzen Moment ganz still.

Ela fez uma pausa e ficou imóvel por um breve instante.

Dann drehte sie sich um und verließ das Zimmer wieder.

Então ela se virou e saiu do quarto.

Gregor redete sich immer wieder ein, dass nichts Ungewöhnliches passiert sei.

Gregor repetia para si mesmo que nada de incomum havia acontecido.

„Es handelt sich lediglich um ein paar Möbelstücke, die weggebracht wurden."

"São apenas alguns móveis que foram retirados."

Doch schon bald musste er zugeben, dass ihn die Ereignisse mitgenommen hatten.

Mas ele logo teve que admitir que os acontecimentos o afetaram.

Die Frauen hatten alles, was sie taten, auch gesagt.

As mulheres vinham relatando tudo o que estavam fazendo.

Sie waren im Zimmer auf und ab gegangen.

Eles estavam andando de um lado para o outro na sala.

Das Kratzen aller Möbelstücke auf dem Boden.

O arrastar de todos os móveis no chão.

Er hatte das Gefühl, von allen Seiten angegriffen zu werden.

Ele sentia como se estivesse sendo atacado por todos os lados.

Er zog Kopf und Beine so fest wie möglich an.

Ele encolheu a cabeça e as pernas o máximo que pôde.

Mit aller Kraft presste er seinen Körper zu Boden.

Com toda a sua força, ele pressionou o corpo contra o chão.

Er wusste, dass er das alles nicht mehr lange aushalten konnte.

Ele sabia que não conseguiria suportar tudo aquilo por muito mais tempo.

Sie räumten sein Zimmer aus und nahmen alles mit, was ihm lieb und teuer war.

Eles esvaziaram o quarto dele e levaram tudo o que ele amava.

Sie hatten bereits die Kiste mit all seinen Werkzeugen mitgenommen.

Eles já haviam levado a caixa que continha todas as suas ferramentas.

Nun lockerten sie seinen schweren Schreibtisch vom Boden.

Agora estavam a retirar a sua pesada secretária do chão.

Der Schreibtisch, an dem er nach seiner Rückkehr von der Arbeit gearbeitet hatte.

A mesa em que ele havia trabalhado depois de voltar do trabalho.

Der Schreibtisch, an dem er seine Geschäftsaufgaben erledigt hatte.

A escrivaninha onde ele anotava suas tarefas de trabalho.

Der Schreibtisch, an dem er in der Sekundarschule seine Hausaufgaben gemacht hatte.

A escrivaninha onde ele fazia a lição de casa no ensino médio.

Ja, diesen Schreibtisch hatte er schon in der Grundschule.

Sim, ele já tinha essa carteira na escola primária.

Er hatte wirklich keine Zeit, sich von ihren guten Absichten zu überzeugen.

Ele realmente não teve tempo para confirmar as boas intenções deles.

Obwohl er beinahe vergessen hatte, dass sie überhaupt da waren.

Embora ele quase tivesse esquecido que eles estavam lá.

Weil sie vor Erschöpfung still arbeiteten.

Porque estavam trabalhando em silêncio, devido ao cansaço.

Sie waren zu müde, um ihre Bewegungen jetzt noch bekannt zu geben.

Estavam demasiado cansados para anunciar os seus movimentos naquele momento.

Alles, was er hörte, waren ihre schweren Schritte auf dem Boden.

Tudo o que ele ouviu foram os passos pesados deles no chão.

Genau in diesem Moment lehnten sie an der Kiste.

Naquele exato momento, eles estavam encostados na caixa.

Und da kam Gregor unter dem Sofa hervor.

E foi nesse momento que Gregor saiu de debaixo do sofá.

Er änderte viermal seine Laufrichtung.

Ele mudou a direção em que estava correndo quatro vezes.

Er konnte sich nicht entscheiden, welcher Gegenstand zuerst gerettet werden musste.

Ele não conseguia decidir qual item precisava ser salvo primeiro.

Plötzlich richtete sich sein Blick auf die leere Wand.

Subitamente, sua atenção foi atraída para a parede vazia.

Alles, was sie ihm hinterlassen hatten, war das Bild der Dame im Pelzmantel.

Tudo o que lhe deixaram foi a foto da senhora de casaco de pele.

Er kroch zu dem Bild und drückte seinen Körper an sie.

Ele rastejou até a foto para pressionar o corpo contra o dela.

Und sein Körper verdeckte vollständig das Bild.

E seu corpo cobria completamente a visão da imagem.

Das Glas stützte ihn und kühlte seinen heißen Bauch.

O copo o sustentava e confortava sua barriga quente.

Dieses Foto konnte ihm nicht mehr abgenommen werden.

Essa foto não podia mais ser tirada dele.

Dann wandte er den Kopf zur Wohnzimmertür.

Então ele virou a cabeça em direção à porta da sala de estar.

Er wollte zusehen, wie die Frauen ins Zimmer zurückkehrten.

Ele ia observar enquanto as mulheres retornavam ao quarto.

Und sie ruhten sich nicht lange aus, bevor sie wieder zurückkehrten.

E não descansaram muito antes de voltarem novamente.

Grete hatte den Arm um ihre Mutter gelegt, um ihr beim Gehen zu helfen.

Grete estava com o braço em volta da mãe para ajudá-la a caminhar.

„Was sollen wir denn jetzt nehmen?", fragte Grete und blickte sich um.

"O que vamos levar agora?", disse Grete, olhando em volta.

Genau in diesem Moment trafen sich ihre Blicke mit Gregors.

Nesse exato momento, o olhar dela encontrou o de Gregor.

Trotz des Schocks behielt sie die Fassung.

Apesar do choque, ela manteve a calma.

Vermutlich nur wegen der Anwesenheit ihrer Mutter.

Provavelmente apenas por causa da presença de sua mãe.

Sie neigte ihr Gesicht zu ihrer Mutter und verdeckte ihr die Sicht.

Ela inclinou o rosto em direção à mãe, cobrindo sua visão.

Und dann sagte sie, zitternd und gedankenlos:

E então ela disse, embora trêmula e sem pensar:

"Kommt schon, sollten wir nicht zurück ins Wohnzimmer gehen?"

"Vamos lá, não deveríamos voltar para a sala de estar?"

Gregor konnte die Absichten der Schwester leicht verstehen.

Gregor conseguia entender facilmente as intenções da irmã.

Ihre oberste Priorität war es, ihre Mutter in Sicherheit zu bringen.

Sua primeira prioridade era levar sua mãe para um lugar seguro.

Aber dann wollte sie ihn von der Mauer herunterjagen.

Mas depois ela ia persegui-lo até ele, fazendo-o descer do muro.

„Nun, sie kann es ja versuchen!", dachte Gregor bei sich.

"Bem, ela certamente pode tentar!" pensou Gregor consigo mesmo.

Er behielt sein Bild fest im Blick und gab es nicht her.

Ele sentou-se firmemente sobre a foto e não a largou.

Am liebsten wäre er der Schwester ins Gesicht gesprungen.

Ele preferia ter pulado na cara da irmã.

Doch Gretes Worte hatten ihre Mutter noch mehr beunruhigt.

Mas as palavras de Grete preocuparam ainda mais sua mãe.

Sie trat beiseite, um zu sehen, was vor ihr verborgen wurde.

Ela deu um passo para o lado para ver o que estava sendo escondido dela.

Und sie sah den braunen Fleck auf der geblümten Tapete.

E ela viu a mancha marrom no papel de parede florido.

Und sie schrie auf, noch bevor sie merkte, dass es Gregor war.

E ela gritou antes mesmo de perceber que era Gregor.

"Oh Gott", schrie sie mit ausgestreckten Armen.

"Ai, meu Deus!", ela gritou com os braços estendidos.

Und sie sank auf die Couch, als hätte sie aufgegeben.

E ela caiu no sofá como se tivesse desistido.

„Gregor!", rief die Schwester ihm mit erhobener Faust zu.

"Gregor!" gritou a irmã para ele com o punho erguido.

Und sie warf ihm einen langen, harten und durchdringenden Blick zu.

E ela lançou-lhe um olhar longo, intenso e penetrante.

Dies war das erste Mal, dass sie direkt mit ihm gesprochen hatte.

Essa foi a primeira vez que ela falou diretamente com ele.

Sie rannte ins Nebenzimmer, um Riechsalz zu holen.

Ela correu para o quarto ao lado para pegar sais de cheiro.

Sie musste ihre Mutter wieder zum Bewusstsein bringen.

Ela teve que trazer sua mãe de volta à consciência.

Gregor wollte helfen, er konnte das Bild später aufbewahren.

Gregor queria ajudar, ele poderia salvar a foto mais tarde.

Doch er war fest an der Glasscheibe festgeklebt.

Mas ele havia ficado completamente preso ao vidro.

Deshalb musste er sich mit großer Kraft losreißen.

Então ele teve que se desvencilhar usando muita força.

Auch er rannte in den nächsten Raum, wo sich die Schwester befand.

Ele também correu para o quarto ao lado, onde estava a irmã.

Früher hätte er ihr vielleicht einen Rat geben können.

Antigamente, ele poderia ter lhe dado alguns conselhos.

Doch nun konnte er nichts anderes tun, als tatenlos zuzusehen.

Mas agora ele não podia fazer nada além de ficar parado, assistindo.

Sie durchwühlte die Schublade und öffnete verschiedene Flaschen.

Ela vasculhou a gaveta, abrindo várias garrafas.

Und er erschreckte sie immer noch, als sie sich umdrehte.

E ele ainda a assustava quando ela se virava.

Eine Flasche fiel zu Boden, zerbrach und splitterte.

Uma garrafa caiu no chão, quebrou e estilhaçou.

Ein Glassplitter traf Gregor im Gesicht und verletzte ihn.

Um estilhaço de vidro atingiu o rosto de Gregor e o feriu.

Die Flasche hatte eine Art ätzende Flüssigkeit enthalten.

A garrafa continha algum tipo de líquido cáustico.

Und nun brannte die ätzende Flüssigkeit auf Gregors Gesicht.

E agora o líquido corrosivo queimava o rosto de Gregor.

Die Schwester hatte jedoch im Moment keine Zeit für Gregor.

A irmã, no entanto, não tinha tempo para Gregor naquele momento.

Sie sammelte so viele Flaschen ein, wie sie tragen konnte.

Ela recolheu o máximo de garrafas que conseguiu.

Und sie rannte mit der Medizin zurück zu ihrer Mutter.

E ela correu de volta para sua mãe com o remédio.

Sie schlug die Tür mit dem Fuß zu und schloss Gregor aus.

Ela bateu a porta com o pé, impedindo Gregor de entrar.

Nun war er von seiner möglicherweise sterbenden Mutter abgeschnitten.

Ele agora estava separado de sua mãe, que possivelmente estava à beira da morte.

Wenn er die Tür öffnete, würde er die Schwester verjagen.

Se ele abrisse a porta, expulsaria a irmã.

Aber natürlich musste sie bleiben, um sich um die Mutter zu kümmern.

Mas é claro que ela teve que ficar para cuidar da mãe.

Es gab für ihn nichts anderes zu tun, als auf sie zu warten.

Não havia nada que ele pudesse fazer agora a não ser esperar por eles.

Von Selbstvorwürfen und Angst geplagt, begann er zu kriechen.

Atormentado por auto-reprovação e ansiedade, ele começou a engatinhar.

Er kroch überall hin; an Wänden, Möbeln, der Decke.

Ele rastejou por toda parte: paredes, móveis, teto.

Er hatte das Gefühl, als würde sich der ganze Raum um ihn drehen.

Ele sentiu como se o quarto inteiro estivesse girando ao seu redor.

Schließlich fiel er, verzweifelt und schwindlig, wieder zu Boden.

Finalmente, em desespero e com tontura, ele caiu para trás.

Und er fiel direkt auf den großen Esstisch.

E ele caiu bem em cima da grande mesa de jantar.

Er lag eine Weile da, betäubt und unfähig sich zu bewegen.

Ele passou algum tempo deitado ali, dormente e incapaz de se mover.

Er war erschöpft von all dem, was ihm dieser Tag gebracht hatte.

Ele estava exausto por tudo o que aquele dia lhe havia reservado.

Es herrschte ringsum Stille, aber vielleicht war das ein gutes Zeichen.

Havia silêncio por toda parte, mas talvez isso fosse um bom sinal.

Dann zerriss das Klingeln an der Haustür die Stille.

Então, rompendo o silêncio, a campainha tocou.

Das Dienstmädchen hatte sich natürlich in ihrer Küche eingeschlossen.

A empregada, naturalmente, havia se trancado na cozinha.

Die Schwester war also die Einzige, die die Tür öffnen konnte.

Então, somente a irmã podia abrir a porta.

„Was ist passiert?", fragte der Vater als Erstes.

"O que aconteceu?" foi a primeira coisa que o pai perguntou.

Gretes Erscheinung hatte ihm wahrscheinlich alles verraten.

A aparência de Grete provavelmente lhe disse tudo.

Gretes Stimme wurde beim Sprechen gedämpft und dumpf.

A voz de Grete tornou-se abafada e monótona enquanto ela falava.

Sie muss ihr Gesicht an die Brust ihres Vaters gedrückt haben.

Ela deve ter pressionado o rosto contra o peito do pai.

„Mutter war bewusstlos, aber es geht ihr jetzt besser."

"Minha mãe estava inconsciente, mas agora está se sentindo melhor."

„Gregor ist entkommen", fügte sie hinzu, was er auch erwartet hatte.

"Gregor escapou", acrescentou ela, o que ele já esperava.

"Ich habe dir doch immer gesagt, dass er eines Tages ausbrechen würde."

"Eu sempre te disse que ele ia escapar um dia."

„Aber ihr Frauen wolltet mir ja nicht zuhören, nicht wahr?"

"Mas vocês, mulheres, não quiseram me ouvir, não é?"

Gregor erkannte schnell, wie sein Vater die Dinge sehen würde.

Gregor logo percebeu como seu pai enxergava as coisas.

Er hatte Gretes allzu kurze Nachricht falsch interpretiert.

Ele havia interpretado mal a mensagem excessivamente breve de Grete.

Er nahm an, Gregor habe eine Gewalttat begangen.

Ele presumiu que Gregor havia cometido algum ato de violência.

Gregor musste einen Weg finden, seinen Vater irgendwie zu besänftigen.

Gregor precisava encontrar uma maneira de apaziguar seu pai de alguma forma.

Weil er keine Zeit hatte, ihm die Dinge zu erklären.

Porque ele não teve tempo de explicar as coisas para ele.

Aber er hätte die Dinge ohnehin nicht erklären können.

Mas de qualquer forma ele não teria conseguido explicar as coisas.

Da flüchtete er zur Tür und drückte sich dagegen.

Então ele correu para a porta e se encostou nela.

So konnte sein Vater ihn vom Vorzimmer aus sehen.

Dessa forma, seu pai poderia vê-lo da antessala.

Und er würde erkennen, dass er die besten Absichten hatte.

E ele seria capaz de perceber que tinha as melhores intenções.

Es war nicht nötig, ihn mit einem Besen zurückzudrängen.

Não havia necessidade de empurrá-lo com uma vassoura.

Der Vater hätte lediglich die Tür öffnen müssen.

Bastava o pai abrir a porta.

Doch er hatte keine Lust, solche Feinheiten zu bemerken.

Mas ele não estava com vontade de notar tais sutilezas.

"Da bist du ja!", rief er, sobald er eingetreten war.

"Aqui está você!" exclamou ele, assim que entrou.

Es war, als wäre er gleichzeitig wütend und glücklich.

Era como se ele estivesse zangado e feliz ao mesmo tempo.

Er zog den Kopf zurück und blickte zu seinem Vater auf.

Ele recuou a cabeça e olhou para o pai.

Er hatte sich seinen Vater nicht so vorgestellt.

Ele jamais imaginara seu pai parado ali daquela forma.

Doch in letzter Zeit hatte er eine neue Ablenkung gefunden.

Mas, recentemente, ele havia encontrado uma nova distração.

Das Herumkriechen nahm nun einen großen Teil seines Tages ein.

Rastejar agora ocupava grande parte do seu dia.

Zuvor hatte er alle Neuigkeiten in der Wohnung im Blick behalten.

Antes, ele ficava sabendo de todas as novidades do apartamento.

Aber in letzter Zeit hatte er nicht mehr so genau darauf geachtet.

Mas ultimamente ele não vinha prestando muita atenção.

Er hätte auf Veränderungen vorbereitet sein müssen.

Ele deveria ter estado preparado para enfrentar mudanças.

Aber war dieser Mann vor ihm noch der Vater?

No entanto, aquele homem à sua frente ainda era o pai?

War er noch derselbe Mann, der früher müde in seinem Bett lag?

Seria ele o mesmo homem que costumava ficar deitado, cansado, na cama?

Als Gregor bereits auf Geschäftsreise war.

Quando Gregor já havia partido em uma viagem de negócios.

War er derselbe Mann, der ihn abends begrüßte?

Era o mesmo homem que o cumprimentava à noite?

Als er in seinem Morgenmantel in seinem Sessel saß.

Quando ele estava de roupão em sua poltrona.

War er derselbe Mann, der nicht aufstehen konnte, um ihn zu begrüßen?

Era o mesmo homem que não conseguiu se levantar para
recebê-lo?
So blieb er sitzen und hob freudig den Arm.
Então, permanecendo sentado, ele ergueu o braço em sinal de
alegria.
**War er derselbe Mann, mit dem er gelegentlich spazieren
ging?**
Era o mesmo homem com quem ele costumava passear
ocasionalmente?
**In seltenen Fällen: an einigen Sonntagen im Jahr oder an
Feiertagen.**
Em raras ocasiões: alguns domingos por ano ou feriados.
**War er derselbe Mann, der in seinen Mantel gehüllt
herüberkam?**
Era ele o mesmo homem que caminhava, envolto em seu
sobretudo?
**Musste er sich langsam zwischen Mutter und ihm
vorwärtsarbeiten?**
Será que ele avançou lentamente, entre ele e a mãe?
Und sie gingen seinetwegen bereits langsam.
E eles já estavam andando devagar por causa dele.
Doch nun stand dieser Mann stark und aufrecht.
Mas agora esse homem estava de pé, forte e ereto.
Er trug eine blaue Uniform mit goldenen Knöpfen.
Ele vestia um uniforme azul com botões dourados.
Knöpfe, die die Angestellten der Bankinstitute tragen.
Botões usados pelos funcionários das instituições bancárias.
**Über dem steifen Kragen trat sein markantes Doppelkinn
hervor.**
Acima da gola rígida, destacava-se seu queixo duplo e
proeminente.
**Unter seinen buschigen Augenbrauen blickten seine
schwarzen Augen hervor.**
Por baixo das sobrancelhas espessas, seus olhos negros
fitavam o observador.
**Seine Augen wirkten nun durchdringend, frisch und
aufmerksam.**

Agora seus olhos pareciam penetrantes, frescos e alertas.

Das zuvor zerzauste weiße Haar wurde glatt gekämmt.

Os cabelos brancos, antes desgrenhados, foram penteados para baixo.

Und sein Haar hatte nun einen sorgfältigen Mittelscheitel.

E agora seu cabelo tinha uma risca central meticulosamente definida.

Er warf seinen Hut weg, der mit einem goldenen Monogramm verziert war.

Ele atirou o chapéu, que tinha um monograma dourado.

Es handelte sich wahrscheinlich um das Monogramm der Bank, für die er arbeitete.

Provavelmente era o monograma do banco onde ele trabalhava.

Und der Hut landete auf dem Sofa, um später weggeräumt zu werden.

E o chapéu caiu no sofá, para ser guardado mais tarde.

Er schob den Saum der langen Uniformjacke zurück.

Ele empurrou para trás a barra da longa jaqueta do uniforme.

Und er steckte seine Daumen in die Hosentaschen.

E ele colocou os polegares nos bolsos das calças.

Und dann ging er mit finsterer Miene auf Gregor zu.

E então, com semblante sombrio, caminhou em direção a Gregor.

Er wusste wahrscheinlich selbst noch nicht, was er vorhatte.

Ele provavelmente nem sabia o que pretendia fazer.

Dennoch hob er die Füße ungewöhnlich hoch.

Mas, mesmo assim, ele levantou os pés de uma altura incomum.

Gregor staunte über die enorme Größe seiner Stiefel.

Gregor ficou admirado com o tamanho enorme de suas botas.

Doch dafür blieb wirklich keine Zeit, seine Schuhe zu bewundern.

Mas, na verdade, não havia tempo para admirar seus sapatos.

Der Vater hatte sich für eine sehr strenge Disziplin entschieden.

O pai havia decidido por uma disciplina muito rígida.

Für Gregor war nur die größtmögliche Strenge angemessen.

Somente a maior severidade era apropriada para Gregor.

Das wusste er vom ersten Tag seiner Verwandlung an.

Ele sabia disso desde o primeiro dia de sua transformação.

Er rannte zu seinem Vater und blieb stehen, als dieser stehen blieb.

Ele correu até seu pai e parou quando este parou.

Als er sich wieder bewegte, huschte er erneut auf ihn zu.

Ele correu em sua direção novamente quando este se moveu mais uma vez.

Der Vater hielt einen Moment inne, und Gregor tat es ihm gleich.

O pai fez uma pausa por um instante, e Gregor também.

Und sobald sich sein Vater bewegte, stürmte er wieder vorwärts.

E assim que seu pai se moveu, ele avançou novamente.

Auf diese Weise gingen sie mehrmals im Kreis um den Raum.

Dessa forma, eles deram várias voltas em torno da sala.

Bislang hatte noch niemand einen entscheidenden Vorteil errungen.

Ninguém havia ainda obtido uma vantagem decisiva.

Man konnte nicht den Eindruck einer Verfolgungsjagd gewinnen.

Não dava para ter a impressão de que se tratava de uma perseguição.

Weil das ganze Geschehen viel zu langsam vonstatten ging.

Porque todo o evento estava acontecendo muito lentamente.

Gregor hatte beschlossen, am Boden zu bleiben.

Gregor havia decidido que ficaria no chão.

Er hätte die Wände hoch und an der Decke entlanglaufen können.

Ele poderia ter corrido pelas paredes e pelo teto.

Er wollte den Vater aber nicht unnötig provozieren.

Mas ele não queria provocar o pai desnecessariamente.

Eine solche Flucht hätte besonders verwerflich erscheinen können.

Tal fuga poderia ter parecido particularmente perversa.

Gregor räumte ein, dass diese Jagd nicht mehr lange dauern könne.

Gregor admitiu que essa perseguição não poderia durar muito mais tempo.

Jeder Schritt erforderte eine Vielzahl von Bewegungen.

Cada passo exigia uma infinidade de movimentos.

Er begann bereits Atemnot zu verspüren.

Ele já começava a sentir falta de ar.

Schon vorher hatte er nie absolut zuverlässige Lungen gehabt.

Mesmo antes disso, ele nunca teve pulmões totalmente confiáveis.

Er taumelte dahin und sparte seine Kräfte für den Lauf.

Ele cambaleou, guardando suas forças para a corrida.

Er war so müde, dass er die Augen kaum noch offen halten konnte.

Ele estava tão cansado que mal conseguia manter os olhos abertos.

Seine Gedanken verlangsamten sich zu sehr, um an andere Fluchtmöglichkeiten zu denken.

Seus pensamentos ficaram lentos demais para que ele pudesse pensar em outras formas de escapar.

Er hatte fast vergessen, dass ihm die Wände zur Verfügung standen.

Ele quase havia se esquecido de que as paredes estavam à sua disposição.

Die Wände waren aber ohnehin hinter Möbeln verborgen.

Mas as paredes estavam escondidas atrás dos móveis de qualquer forma.

Und die Möbel wiesen zu viele Kerben und Vorsprünge auf.

E os móveis tinham muitos recortes e saliências.

Und dann, direkt neben ihm, rollte ein Apfel.

E então, bem ao lado dele, rolando, havia uma maçã.

Ihm wurde klar, dass der Apfel nach ihm geworfen worden sein musste.

Ele percebeu que a maçã devia ter sido atirada nele.

Doch er hatte keine Zeit zum Nachdenken, da kam schon der nächste Apfel.

Mas ele não teve tempo de pensar antes que outra maçã aparecesse.

Gregor erstarrte vor Schreck über die neue Strategie seines Vaters.

Gregor ficou paralisado de choque com a nova estratégia do pai.

Er konnte durch einen Fluchtversuch nichts mehr gewinnen.

Ele não conseguia mais ganhar nada tentando fugir.

Der Vater hatte beschlossen, ihn mit Früchten zu überhäufen.

O pai decidiu bombardeá-lo com frutas.

Er hatte sich die Taschen mit Obst aus der Küchenschale gefüllt.

Ele encheu os bolsos com as frutas da fruteira da cozinha.

Ohne besonders darauf zu zielen, warf er Apfel um Apfel.

Sem mirar particularmente, ele atirou maçã após maçã.

Diese kleinen roten Äpfel rollten auf dem Boden herum.

Essas pequenas maçãs vermelhas rolaram pelo chão.

Wie von einem Stromschlag getroffen, stießen die Äpfel aneinander.

Como se estivessem eletrificadas, as maçãs se chocaram umas contra as outras.

Einer der schwach geworfenen Äpfel streifte Gregors Rücken.

Uma das maçãs arremessadas com pouca força roçou as costas de Gregor.

Zum Glück für ihn rutschte der Apfel harmlos herunter.

Por sorte para ele, a maçã deslizou e caiu sem causar danos.

Der anschließend geworfene Apfel traf jedoch genauer.

No entanto, a maçã atirada em seguida foi mais precisa.

Und dieser Apfel blieb tief in Gregors Rücken stecken.

E essa maçã alojou-se profundamente nas costas de Gregor.

Gregor wollte sich vor dem Schmerz davonreißen.

Gregor queria se afastar da dor.

**Vielleicht ließe sich diesem neuen, unvorstellbaren Schmerz
entkommen.**
Talvez fosse possível escapar dessa nova e inacreditável dor.
Vielleicht würde ein Ortswechsel seine Qualen lindern.
Talvez uma mudança de local aliviasse sua angústia.
Aber er fühlte sich, als wäre er am Boden festgenagelt.
Mas ele sentia como se tivesse sido pregado ao chão.
Er streckte sich aus, aber nur aufgrund seiner Verwirrung.
Ele se esticou, mas apenas devido à sua confusão.
Erst mit seinem letzten Blick sah er, wie sich die Tür öffnete.
Somente em seu último olhar ele viu a porta se abrir.
Die Mutter stürzte vor die schreiende Schwester hinaus.
A mãe correu para a frente da irmã que gritava.
**Die Schwester hatte sie ausgezogen, sodass sie nur noch ihr
Hemd trug.**
A irmã a havia despido, então ela estava apenas de camisa.
Sie hatte in ihrer Bewusstlosigkeit Freiraum gebraucht.
Ela precisava de um momento de respiro enquanto estava
inconsciente.
Er sah noch, wie die Mutter auf den Vater zulief.
Ele ainda viu a mãe correr em direção ao pai.
Ihre Röcke rutschten einer nach dem anderen zu Boden.
Suas saias escorregaram até o chão, uma após a outra.
**Er sah, wie sie auf den Vater zuging und über ihren Rock
stolperte.**
Ele a viu se aproximar do pai e tropeçar na saia.
**Sie umarmte ihn und bat darum, Gregors Leben zu
verschonen.**
Abraçando-o, ela pediu que a vida de Gregor fosse poupada.
**In völliger Einheit mit seinem Körper versagte auch sein
Augenlicht.**
Em completa união com seu corpo, sua visão falhou.

Teil Drei

Gregor litt über einen Monat lang unter der schweren Verletzung.

Gregor sofreu com o ferimento grave por mais de um mês.

Der Apfel steckte fest; niemand wagte es, ihn zu entfernen.

A maçã permaneceu cravada; ninguém se atreveu a removê-la.

Der Apfel blieb als sichtbare Erinnerung in seinem Fleisch zurück.

A maçã permaneceu em sua carne como uma lembrança visível.

Der Apfel diente dem Vater aber auch als Erinnerung.

Mas a maçã também serviu como uma lembrança para o pai.

Ihm wurde klar, dass Gregor nicht wie ein Feind behandelt werden sollte.

Ele percebeu que Gregor não deveria ser tratado como um inimigo.

Im Moment mag sein Erscheinungsbild traurig und abstoßend wirken.

Atualmente, sua aparência pode ser triste e repugnante.

Aber dennoch war er ein Mitglied ihrer Familie.

Mas, mesmo assim, ele ainda era um membro da família deles.

Der Widerwille musste überwunden und toleriert werden.

A resistência teve que ser engolida e tolerada.

Aufgrund seiner Verletzung könnte seine Beweglichkeit für immer verloren sein.

Devido ao ferimento, é bem possível que ele perca a mobilidade para sempre.

Er kroch immer noch in seinem Zimmer herum, aber viel langsamer.

Ele ainda rastejava pelo quarto, mas muito mais devagar.

Kriechen in irgendeiner Höhe war völlig ausgeschlossen.

Rastejar em qualquer altura estava fora de questão.

Gregor erhielt jedoch eine Form der Entschädigung.

Mas Gregor recebeu algum tipo de compensação.

Am Abend wurde ihm die Wohnzimmertür geöffnet.

À noite, a porta da sala de estar foi aberta para ele.

Und er war der Ansicht, dass diese Wiedergutmachungszahlungen vollkommen angemessen seien.

E ele considerou que essas reparações eram plenamente adequadas.

Noch vor Einbruch der Dunkelheit begann er, die Tür zu beobachten.

Antes do anoitecer, ele já estava vigiando a porta.

Er lag in der Dunkelheit, vom Wohnzimmer aus unsichtbar.

Ele jazia na escuridão, invisível da sala de estar.

Er konnte die ganze Familie an dem beleuchteten Tisch sehen.

Ele conseguia ver toda a família em volta da mesa iluminada.

Nun durfte er ihren Gesprächen zuhören.

Agora ele tinha permissão para ouvir as conversas deles.

Dies unterschied sich deutlich von ihrer vorherigen Vereinbarung.

Isso era bem diferente do acordo anterior.

Die lebhaften Gespräche vergangener Zeiten waren verstummt.

As conversas animadas dos tempos anteriores haviam chegado ao fim.

Das waren die Gespräche, nach denen er sich immer gesehnt hatte.

Essas eram as conversas que ele tanto desejava.

Als er allein in kleinen Hotelzimmern schlief.

Quando ele dormia sozinho em pequenos quartos de hotel.

Als er sich in die feuchte Bettwäsche werfen musste.

Quando ele teve que se jogar nos lençóis úmidos.

Die Abende verliefen nun meist ruhig und ereignislos.

Mas agora as noites eram, em sua maioria, tranquilas e sem incidentes.

Der Vater schlief nach dem Abendessen in seinem Sessel ein.

O pai adormeceu em sua poltrona depois do jantar.

Und Mutter und Schwester ermahnten einander zur Stille.

E a mãe e a irmã insistiram uma com a outra para que fizessem silêncio.

Die Mutter beugte sich weit über die Lampe und nähte Leinen.

A mãe, debruçada sobre a luz, costurava linho.

Sie entwirft jetzt Kleider für eines der Modegeschäfte.

Ela fazia vestidos para uma das lojas de moda atuais.

Wie Gregor hatte auch die Schwester eine Stelle als Verkäuferin angenommen.

Assim como Gregor, a irmã havia conseguido um emprego como vendedora.

Sie lernte abends Stenografie und Französisch.

À noite, ela aprendia taquigrafia e francês.

Damit sie später vielleicht eine bessere Arbeitsstelle bekommen könnte.

Para que talvez ela consiga um emprego melhor mais tarde.

Manchmal wachte der Vater von seinem abendlichen Nickerchen auf.

Às vezes, o pai acordava de seus cochilos noturnos.

"Liebling, du nähst heute schon so lange!"

"Querida, você já está costurando há tanto tempo hoje!"

Er schien vergessen zu haben, dass er geschlafen hatte.

Ele parecia ter esquecido que estava dormindo.

Doch er fiel sofort wieder in seinen Schlaf zurück.

Mas ele imediatamente voltou a dormir.

Und Mutter und Schwester lächelten einander müde an.

E a mãe e a irmã sorriram uma para a outra com um ar cansado.

Der Vater hatte eine seltsame neue Sturheit entwickelt.

O pai havia desenvolvido uma estranha teimosia.

Selbst zu Hause weigerte er sich, seine Dieneruniform auszuziehen.

Mesmo em casa, ele se recusava a tirar o uniforme de empregado.

Und sein Morgenmantel hing nutzlos am Kleiderbügel.

E seu roupão estava pendurado inutilmente no cabide.

So schlief der Vater, vollständig bekleidet, in seinem Sessel.

Então o pai dormiu, completamente vestido, em sua poltrona.

Es war, als ob er immer bereit wäre, seinen Dienst zu leisten.

Era como se ele estivesse sempre pronto para prestar seu serviço.

Als ob er nur auf die Stimme seines Vorgesetzten gewartet hätte.

Como se estivesse apenas esperando a voz de seu superior.

Dies führte dazu, dass seine Uniform an Sauberkeit verlor.

Isso fez com que seu uniforme perdesse a limpeza.

Obwohl die Uniform auch nicht neu war, als er sie bekam.

Embora o uniforme também não fosse novo quando ele o recebeu.

Und die Mutter tat ihr Bestes, um die Uniform zu pflegen.

E a mãe fez o possível para cuidar do uniforme.

Gregor verbrachte ganze Abende damit, diese Uniform anzusehen.

Gregor passava noites inteiras olhando para esse uniforme.

Er beobachtete, wie der alte Mann äußerst unbequem schlief.

Ele observou o velho dormir de forma extremamente desconfortável.

Doch im Schlaf bemerkte er auch etwas Friedliches.

Mas, enquanto dormia, ele também percebeu algo tranquilo.

Als die Uhr zehn schlug, versuchte die Mutter, ihn zu wecken.

Quando o relógio bateu dez horas, a mãe tentou acordá-lo.

Sie sprach leise und überredete ihn, ins Bett zu gehen.

Ela falou baixinho e o convenceu a ir para a cama.

Denn auf dem Sessel zu schlafen war kein richtiger Schlaf.

Porque dormir na poltrona não era sono de verdade.

Er musste um sechs Uhr mit der Arbeit beginnen.

Ele teria que começar a trabalhar às seis horas.

Deshalb musste er unbedingt so gut wie möglich schlafen.

Então ele realmente precisava dormir o melhor possível.

Doch er war von einer neuen Form der Sturheit ergriffen.

Mas ele havia sido tomado por uma nova forma de teimosia.

Die Tatsache, dass er Diener geworden war, hatte begonnen, diese Wirkung auf ihn zu haben.
Tornar-se um servo começara a ter esse efeito sobre ele.
Deshalb bestand er immer darauf, länger am Tisch zu bleiben.
Por isso, ele sempre insistia em ficar mais tempo à mesa.
Obwohl er regelmäßig wieder in seinem Sessel einschlief.
Embora ele voltasse a adormecer na cadeira com frequência.
Und er ließ sich nur mit größter Mühe bewegen.
E ele só podia ser movido com extrema dificuldade.
Man musste ihm erklären, dass das Bett besser für ihn wäre.
Foi preciso dizer-lhe que aquela cama seria melhor para ele.
Mutter und Schwester mussten nachdrücklich darauf bestehen, oft mit nur wenigen Vorwarnungen.
A mãe e a irmã tiveram que insistir, com poucos avisos.
Fünfzehn Minuten lang schüttelte er nur langsam den Kopf.
Durante quinze minutos, ele apenas balançou a cabeça lentamente.
Und er hielt die Augen geschlossen und weigerte sich aufzustehen.
E ele manteve os olhos fechados e se recusou a levantar.
Die Mutter zupfte sanft, aber bestimmt an seinem Ärmel.
A mãe puxou a manga da camisa dele, delicadamente, mas com firmeza.
Und sie flüsterte ihm schmeichelhafte Worte in seine müden Ohren.
E ela sussurrou palavras lisonjeiras em seus ouvidos cansados.
Die Schwester unterbrach ihre Arbeit, um ihrer Mutter zu helfen.
A irmã abandonou a tarefa que estava realizando para ajudar a mãe.
Doch keiner ihrer Versuche zeigte Wirkung beim Vater.
Mas nenhuma das tentativas surtiu efeito no pai.
Er sank noch tiefer in seinen Stuhl, bereit zum Schlafen.
Ele afundou ainda mais na cadeira, preparando-se para dormir.
Und schließlich packten ihn die Frauen unter den Achseln.

E, por fim, as mulheres o agarraram pelas axilas.
Er öffnete die Augen und blickte sie abwechselnd an.
Ele abriu os olhos e olhou para eles alternadamente.
„Was für ein Leben!", klagte er beim Zubettgehen.
"Que vida é esta?", lamentou ele ao deitar-se.
"Ist das der Frieden, der mir im Alter zuteilwurde?"
"Será esta a paz que me foi dada na minha velhice?"
Doch dann stützte er sich auf die beiden Frauen und stand unbeholfen auf.
Mas então, apoiando-se nas duas mulheres, ele se levantou, desajeitadamente.
Er tat so, als trüge er die schwerste Last.
Ele agia como se estivesse carregando o fardo mais pesado.
Er ließ sich von den beiden Frauen bis ans andere Ende des Raumes führen.
Ele deixou que as duas mulheres o conduzissem até o fundo da sala.
Dort wünschte er ihnen eine gute Nacht und ging dann allein weiter.
Ali, ele se despediu deles com um "boa noite" e seguiu seu caminho sozinho.
Doch die Mutter warf hastig ihr Nähzeug hin.
Mas a mãe largou apressadamente seu kit de costura.
Und auch die Schwester legte den Stift und den Notizblock beiseite.
E a irmã também largou a caneta e o bloco de notas.
Und sie liefen hinter dem Vater her, um ihm weiter zu helfen.
E eles correram atrás do pai para ajudá-lo ainda mais.
Wer in dieser überarbeiteten Familie hatte schon Zeit für Gregor?
Quem nessa família sobrecarregada tinha tempo para Gregor?
Wer hätte ihm mehr Aufmerksamkeit schenken können als nötig?
Quem poderia ter lhe dado mais atenção do que o necessário?
Das Haushaltsbudget wurde zunehmend eingeschränkt.
O orçamento familiar tornou-se cada vez mais restrito.

Um Geld zu sparen, mussten sie schließlich das Dienstmädchen entlassen.
Por fim, para economizar dinheiro, eles tiveram que dispensar a empregada doméstica.
Sie wurde durch eine stämmige, weißhaarige Frau ersetzt.
Ela foi substituída por uma mulher de ossatura robusta e cabelos brancos.
Diese Frau kam jedoch nur morgens und abends.
Mas essa mulher só vinha de manhã e à noite.
Und die schwerste und härteste Arbeit wurde ihr aufgehoben.
E todo o trabalho mais pesado e árduo era reservado para ela.
Alle anderen Hausarbeiten wurden von der Mutter erledigt.
Todas as outras tarefas ficavam a cargo da mãe.
Es kam sogar vor, dass verschiedene Familienschmuckstücke verkauft wurden.
Chegou mesmo a acontecer que várias joias da família fossem vendidas.
Schmuck, den die Frauen bei Feierlichkeiten mit Freude getragen hatten.
Joias que as mulheres usaram com alegria durante as celebrações.
Gregor erfuhr dies in einer der allgemeinen Diskussionen.
Gregor aprendeu isso em uma das discussões gerais.
Die größte Beschwerde betraf jedoch etwas anderes.
A principal queixa, no entanto, era outra.
Die Wohnung war zu groß, aber sie konnten nicht ausziehen.
O apartamento era grande demais, mas eles não podiam se mudar.
Es gab keine Möglichkeit, Gregor umzusiedeln.
Não havia nenhuma maneira de eles realocarem Gregor.
Gregor erkannte jedoch, dass es nicht nur um Rücksichtnahme ging.
Mas Gregor percebeu que não se tratava apenas de consideração.
Etwas anderes hielt sie davon ab, woanders hinzuziehen.

Algo mais os impediu de se mudarem para outro lugar.

Er hätte problemlos in einer geeigneten Kiste transportiert werden können.

Ele poderia facilmente ter sido transportado em uma caixa adequada.

Ihre Gefühle völliger Hoffnungslosigkeit hielten sie zurück.

O sentimento de completo desespero os impediu de avançar.

Sie wollten sich nicht eingestehen, dass sie vom Unglück getroffen worden waren.

Eles não queriam admitir que o infortúnio os havia atingido.

Was die Welt von armen Menschen verlangt, das haben sie erfüllt.

O que o mundo exige dos pobres, eles cumpriram.

Der Vater holte dem kleinen Bankangestellten das Frühstück.

O pai foi buscar o café da manhã para o pequeno funcionário do banco.

Die Mutter opferte sich für die Wäsche von Fremden auf.

A mãe se sacrificou para lavar a roupa de estranhos.

Die Schwester rannte hin und her, um die Bestellungen der Kunden aufzunehmen.

A irmã corria de um lado para o outro para atender aos pedidos dos clientes.

Aber sie hatten einfach nicht mehr die Kraft, irgendetwas weiter zu tun.

Mas eles simplesmente não tinham forças para fazer mais nada.

Die Wunde in Gregors Rücken schmerzte nun noch mehr.

A ferida nas costas de Gregor começou a doer ainda mais.

Jeden Abend brachten Mutter und Schwester den Vater ins Bett.

Todas as noites, a mãe e a irmã levavam o pai para a cama.

Sie ließen ihre Arbeit liegen und setzten sich zusammen.

Eles deixaram o trabalho onde estava e sentaram-se juntos.

Und sie rückten näher zusammen und saßen Wange an Wange.

E eles se aproximaram ainda mais e sentaram-se rosto a rosto.

Die Mutter zeigte auf das Zimmer, von dem aus er zusah.

A mãe apontou para o quarto de onde ele observava.

"Würdest du die Tür schließen?", fragte sie die Schwester.

"Você poderia fechar a porta?", perguntou ela à irmã.

Und dann war Gregor wieder allein in der Dunkelheit.

E então Gregor ficou sozinho no escuro novamente.

Und im Nebenzimmer vermischten die Frauen ihre Tränen.

E na sala ao lado, a mulher misturou suas lágrimas.

Oder sie saßen mit trockenen Augen da und starrten einfach nur auf den Tisch.

Ou então ficavam sentados, sem demonstrar qualquer emoção, apenas olhando fixamente para a mesa.

Gregor schlief kaum, weder nachts noch tagsüber.

Gregor quase não dormia, nem de dia nem de noite.

Er dachte oft darüber nach, wie er der Familie helfen könnte.

Ele frequentemente pensava em como poderia ajudar a família.

Er dachte darüber nach, das Geld wieder für sie zu verdienen.

Ele pensou em ganhar o dinheiro novamente para eles.

Er dachte darüber nach, das zu tun, was er früher für sie getan hatte.

Ele pensou em fazer o que costumava fazer por eles.

In seinen Gedanken erschien der Bevollmächtigte wieder.

Em seus pensamentos, o representante autorizado voltou à sua mente.

Und dieses Mal kam auch der Chef in die Wohnung.

E desta vez o chefe também veio ao apartamento.

Und die Angestellten und die Lehrlinge waren auch da.

E os escriturários e os aprendizes também estavam lá.

Sogar der etwas begriffsstutzige Büroangestellte kam, um ihn zu sehen.

Até mesmo o funcionário de escritório, que era um pouco lento para entender as coisas, veio vê-lo.

Es waren zwei oder drei Freunde aus anderen Branchen dabei.

Havia dois ou três amigos de outras empresas.

Eine der Zimmermädchen aus einem Hotel in der Provinz.
Uma das camareiras de um hotel no interior.
Eine kostbare und flüchtige Erinnerung, an der er festzuhalten versuchte.
Uma lembrança querida e fugaz à qual ele tentou se agarrar.
Eine Kassiererin aus einem Hutgeschäft, für die er Absichten hatte.
Uma caixa de uma loja de chapéus por quem ele tinha intenções.
Doch er war etwas zu langsam gewesen, um ihre Zustimmung zu gewinnen.
Mas ele havia demorado um pouco demais para conquistar a aprovação dela.
Sie alle tauchten in seinen Gedanken auf, vermischt mit Fremden.
Todos eles surgiram em seus pensamentos, misturados com estranhos.
Und andere erschienen nicht; sie waren bereits vergessen.
E outros não apareceram; já haviam sido esquecidos.
Aber sie halfen weder ihm noch seiner Familie.
Mas eles não o ajudaram, nem ajudaram a família.
Sie waren unzugänglich, und er war froh, als sie weg waren.
Eles eram inacessíveis, e ele ficou contente quando eles foram embora.
Er war nicht immer in der Stimmung, sich Sorgen um die Familie zu machen.
Ele nem sempre estava com vontade de se preocupar com a família.
Und er war voller Wut über die mangelnde Aufmerksamkeit.
E ele estava tomado pela raiva devido à falta de atenção.
Und er konnte sich nichts vorstellen, worauf er Appetit hätte.
E ele não conseguia imaginar nada que lhe desse apetite.
Doch er schmiedete trotzdem Pläne, in die Speisekammer einzubrechen.
Mas mesmo assim ele fez planos para invadir a despensa.

Und er würde sich alles nehmen, was ihm zustand.

E ele ia tomar tudo o que lhe era devido.

Die Schwester bemühte sich nicht mehr besonders um ihn.

A irmã já não fazia nenhum esforço especial por ele.

Sie verschwendete keine Zeit mehr damit, darüber nachzudenken, wie sie ihm gefallen könnte.

Ela já não perdia tempo pensando em agradá-lo.

Vor der Arbeit schob sie schnell etwas zu essen ins Zimmer.

Antes de ir para o trabalho, ela rapidamente empurrou um pouco de comida para dentro do quarto.

Und am Abend kehrte sie die Essensreste schnell wieder zusammen.

E à noite, ela rapidamente recolheu os restos de comida.

Ob er gegessen hatte oder nicht, bemerkte sie nicht mehr.

Se ele tinha comido ou não, ela já não se importava mais.

In den meisten Fällen blieb das Essen nun unberührt.

Agora, na maioria das vezes, a comida ficava intocada.

Abends huschte sie immer noch schnell durch den Raum.

Mesmo à noite, ela continuava a percorrer o quarto rapidamente.

Doch nun tat sie nur das Nötigste, und zwar so schnell wie möglich.

Mas agora ela fez o mínimo necessário, o mais rápido possível.

An den Mauern zogen sich Spuren von Schmutz entlang.

Manchas de sujeira permaneceram ao longo das paredes.

Auf dem Boden lagen Staub- und Müllklumpen.

Bolas de poeira e lixo foram deixadas espalhadas pelo chão.

Gregor missbilligte ihre Nachlässigkeit.

Gregor demonstrou sua desaprovação pela falta de cuidado dela.

Er drehte sich in einem besonders markanten Winkel.

Ele se virou num ângulo particularmente significativo.

Aber er hätte wochenlang in dieser Position bleiben können.

Mas ele poderia ter permanecido nessa posição por semanas.

Seine Schwester hätte seine Unzufriedenheit nicht bemerkt.

Sua irmã provavelmente não teria notado sua insatisfação.

Sie sah den Dreck genauso gut wie er, wenn nicht sogar besser.

Ela enxergava a sujeira tão bem quanto ele, senão melhor.

Aber sie hatte beschlossen, den Dreck dort zu lassen, wo er war.

Mas ela havia decidido deixar a sujeira onde estava.

Damals entwickelte sie eine völlig neue Sensibilität.

Naquele momento, ela desenvolveu uma sensibilidade completamente nova.

Sie hatte es sich zur Aufgabe gemacht, Gregors Zimmer zu reinigen.

Ela havia assumido a responsabilidade de limpar o quarto de Gregor.

Die Familie war von ihrer freundlichen Rücksichtnahme sehr berührt.

A família ficou comovida com a sua gentileza e consideração.

Einst hatte die Mutter sein Zimmer gründlich gereinigt.

Certa vez, a mãe fez uma limpeza completa no quarto dele.

Erst nachdem sie mehrere Eimer Wasser verbraucht hatte, gelang es ihr.

Ela só conseguiu depois de usar alguns baldes de água.

Die neu aufgetretene Feuchtigkeit im Zimmer schadete Gregor jedoch.

No entanto, a umidade repentina no quarto prejudicou Gregor.

Und er lag breitbeinig, verbittert und regungslos auf dem Sofa.

E ele jazia estendido, amargurado e imóvel no sofá.

Doch das war nur ihre erste Strafe für ihre Hilfeleistung.

Mas esse foi apenas o primeiro castigo que ela recebeu por ajudar.

Die Schwester bemerkte schnell die Veränderung in Gregors Zimmer.

A irmã percebeu rapidamente a mudança no quarto de Gregor.

Und sie rannte, zutiefst beleidigt, ins Wohnzimmer.

E ela correu para a sala de estar, extremamente ofendida.

Ihre Mutter hob die Hände und versuchte, sie zu beschwören.

Sua mãe levantou as mãos e tentou implorar.

Doch trotz einer aufrichtigen Erklärung brach sie in Tränen aus.

Mas, apesar da explicação sincera, ela caiu em prantos.

Der Vater erschrak natürlich und fuhr aus seinem Stuhl hoch.

O pai, naturalmente, levou um susto e pulou da cadeira.

Und die beiden Eltern schauten fassungslos und hilflos zu.

E os dois pais observavam, atônitos e impotentes.

Und schließlich gerieten auch ihre Gefühle in Aufruhr.

E, eventualmente, suas emoções também se agitaram.

Der Vater warf der Mutter vor, was sie getan hatte.

O pai repreendeu a mãe pelo que ela havia feito.

"Du hättest das Zimmer Grete zum Putzen überlassen sollen."

"Você deveria ter deixado o quarto para Grete limpar."

Grete schrie die Mutter an, weil sie sein Zimmer aufgeräumt hatte.

Grete gritou com a mãe por esta estar limpando seu quarto.

„Du darfst sein Zimmer nie wieder putzen!"

"Você nunca mais terá permissão para limpar o quarto dele!"

Die Mutter versuchte, den Vater ins Schlafzimmer zu zerren.

A mãe tentou arrastar o pai para o quarto.

Die Schwester blieb zitternd und schluchzend im Zimmer zurück.

A irmã ficou sozinha no quarto, tremendo e soluçando.

Und sie hämmerte mit ihren kleinen Fäustchen auf den Tisch.

E ela batia na mesa com seus punhos pequeninos.

Und Gregor zischte sie alle lautstark vor Wut an.

E Gregor sibilou alto, furioso com todos eles.

Warum war niemand auf die Idee gekommen, ihm die Tür zu schließen?

Por que ninguém pensou em fechar a porta para ele?

Sie hätten ihm diesen Anblick und Lärm ersparen können.

Eles poderiam tê-lo poupado dessa cena e desse barulho.

Die Schwester war erschöpft, als sie von der Arbeit nach Hause kam.

A irmã estava exausta depois de chegar do trabalho.

Und die Betreuung von Gregor bedeutete für sie noch mehr Arbeit.

E cuidar de Gregor dava ainda mais trabalho para ela.

Das bedeutete aber nicht, dass die Mutter es hätte tun sollen.

Mas isso não significa que a mãe devesse ter feito isso.

Gregor hingegen sollte nicht vernachlässigt werden.

Gregor, por outro lado, não deve ser negligenciado.

Aber jetzt hatten sie ein neues Dienstmädchen, das solche Dinge tun konnte.

Mas agora eles tinham uma nova empregada doméstica que podia fazer essas coisas.

Eine ältere Witwe mit kräftigem Knochenbau.

Uma viúva idosa com estrutura óssea robusta.

Eine Statur, die ihr half, ihr schwieriges Leben zu überstehen.

Uma estatura que a ajudou a sobreviver à sua vida difícil.

Sie hatte keine wirkliche Abneigung gegen Gregors Erscheinung.

Ela não tinha nenhuma aversão real à aparência de Gregor.

Sie hatte versehentlich die Tür zu Gregors Zimmer geöffnet.

Ela havia aberto acidentalmente a porta do quarto de Gregor.

Es geschah nicht aus besonderer Neugierde bezüglich des Zimmers.

Não foi por nenhuma curiosidade específica sobre o quarto.

Sie tat lediglich ihre Arbeit und öffnete dabei zufällig die Tür.

Ela estava apenas fazendo o seu trabalho e, por acaso, abriu a porta.

Gregor war natürlich völlig überrascht von ihr.

Gregor, naturalmente, ficou completamente surpreso com ela.

Er wurde nicht verfolgt, aber er rannte hin und her.

Ele não estava sendo perseguido, mas corria de um lado para o outro.

Und sie verschränkte einfach die Arme und sah ihm beim Krabbeln zu.

E ela simplesmente cruzou os braços e ficou observando-o engatinhar.

Seitdem hat sie ihm immer einen Spaltbreit die Tür geöffnet.

Desde então, ela sempre abria um pouco a porta para ele.

Eines Morgens schaute sie nach ihm, um zu sehen, wie es ihm ging.

Certa vez, pela manhã, ela olhou para dentro para ver como ele estava.

Und am Abend sah sie nach ihm, bevor sie ging.

E à noite, antes de ir embora, ela foi ver como ele estava.

Zuerst versuchte sie auch, ihn zu sich zu rufen.

A princípio, ela também tentou chamá-lo para que viesse até ela.

„Komm her, du alter Mistkäfer!", pflegte sie zu sagen.

"Venha cá, velho besouro rola-bosta!", ela costumava dizer.

Oder sie sagte freundlich: „Schau dir den alten Mistkäfer an!"

Ou então ela disse, amigavelmente: "Olha só o velho besouro rola-bosta!".

Gregor reagierte nie darauf, wenn man so mit ihm sprach.

Gregor nunca reagiu quando lhe falaram com ele dessa maneira.

Er blieb stehen, ohne sich zu rühren, und ignorierte sie.

Ele permaneceu ali, imóvel, e a ignorou.

„Wenn man ihr doch nur gesagt hätte, wie man ihre Arbeit richtig macht."

"Se ao menos tivessem lhe ensinado como fazer seu trabalho direito."

„Anstatt mich zu belästigen, sollte sie lieber mein Zimmer aufräumen."

"Em vez de me incomodar, ela deveria limpar meu quarto."

Eines Morgens prasselte ein heftiger Regenguss gegen die Fenster.

Certa vez, bem cedinho pela manhã, uma chuva forte bateu nas janelas.

Vielleicht war der Regen bereits ein Zeichen für den kommenden Frühling.

Talvez a chuva já fosse um sinal da chegada da primavera.

Das Dienstmädchen begann wieder auf diese Weise mit ihm zu sprechen.

A empregada começou a falar com ele daquele jeito novamente.

Gregor war so verbittert, dass er sich umdrehte und ihr ins Gesicht sah.

Gregor estava tão amargurado que se virou para encará-la.

Er war langsam und gebrechlich, aber es war eine Art Angriff.

Ele estava lento e fraco, mas foi uma espécie de ataque.

Das Dienstmädchen hingegen hatte überhaupt keine Angst vor Gregor.

A criada, no entanto, não tinha medo nenhum de Gregor.

Stattdessen hob sie einen Stuhl hoch, der in der Nähe der Tür stand.

Em vez disso, ela levantou uma cadeira que estava perto da porta.

Und sie stand da, ganz ruhig, mit weit geöffnetem Mund.

E ela ficou ali parada, calma, com a boca bem aberta.

Ihre Absichten waren klar, das konnte sogar Gregor erkennen.

As intenções dela eram claras, até Gregor conseguia perceber isso.

Und er drehte sich langsam um und kehrte zu seinem ursprünglichen Platz zurück.

E ele se virou, lentamente, retornando à sua posição original.

"Sie wollen also nicht näher kommen, oder?"

"Então você não quer se aproximar mais, quer?"

Und sie stellte den Stuhl leise wieder in die Ecke.

E silenciosamente, ela colocou a cadeira de volta no canto.

Gregor aß kaum noch etwas.

Gregor quase não comia mais nada.

Manchmal blieb er bei seinen Rundgängen im Zimmer stehen.

Às vezes, enquanto caminhava pela sala, ele parava.

Und er befand sich neben dem für ihn zubereiteten Essen.

E ele se viu ao lado da comida que havia sido preparada para ele.

Er steckte sich das Essen in den Mund, aber nur, um damit zu spielen.

Ele colocou a comida na boca, mas apenas para brincar com ela.

Und nicht selten spuckte er es nach ein paar Stunden wieder aus.

E com bastante frequência, ele cuspia tudo de novo depois de algumas horas.

Er versuchte, einen Grund für seinen Appetitverlust zu finden.

Ele tentou encontrar uma razão para sua falta de apetite.

Vielleicht, weil er mit dem Zustand seines Zimmers unzufrieden war.

Talvez porque ele estivesse triste com o estado do seu quarto.

Aber er hatte sich mit den Veränderungen im Raum abgefunden.

Mas ele já havia se acostumado com as mudanças no quarto.

In letzter Zeit hatte sich sein Zimmer in eine Art Abstellraum verwandelt.

Ultimamente, seu quarto havia se transformado numa espécie de depósito.

Sie hatten sich angewöhnt, Dinge dort liegen zu lassen.

Eles tinham adquirido o hábito de deixar as coisas lá.

Und nun lagen noch viele solcher Dinge in seinem Zimmer.

E agora restavam muitas dessas coisas em seu quarto.

Weil ein Zimmer der Wohnung vermietet worden war.

Porque um dos quartos do apartamento estava alugado.

Drei ernsthafte Herren mieteten das Zimmer gemeinsam.

Três cavalheiros sérios estavam alugando o quarto juntos.

Gregor hat sie einmal durch einen Türspalt erblickt.

Gregor os avistou certa vez através de uma fresta na porta.
Sie trugen Vollbärte und waren penibel gekleidet.
Eles tinham barbas compridas e se vestiam de forma impecável.
Sie achteten penibel darauf, dass alles ordentlich blieb.
Eles eram extremamente meticulosos em manter tudo organizado.
Ihr Hang zur Ordnung beschränkte sich nicht nur auf ihr Zimmer.
A insistência deles na organização não se limitava ao quarto.
Die gesamte Wohnung musste tadellos sauber gehalten werden.
O apartamento inteiro tinha que ser mantido impecavelmente limpo.
Sie legten sogar noch mehr Wert auf das Aussehen der Küche.
Eles eram ainda mais exigentes quanto à aparência da cozinha.
Und unnötigen Unrat konnten sie nicht dulden.
E eles não toleravam nenhuma desordem desnecessária.
Sie hatten auch ihre eigenen Möbel mitgebracht.
Eles também trouxeram seus próprios móveis.
Aus diesem Grund waren viele Dinge überflüssig geworden.
Por essa razão, muitas coisas se tornaram supérfluas.
Das waren Dinge, für die niemand Geld bezahlen würde.
Eram coisas pelas quais ninguém pagaria nada.
Die Familie wollte diese Dinge aber auch nicht wegwerfen.
Mas a família também não queria se desfazer dessas coisas.
All diese Dinge landeten irgendwo in Gregors Zimmer.
Todas essas coisas foram parar em algum lugar no quarto de Gregor.
Der Aschenbecher aus der Küche stand nun in seinem Zimmer.
A caixa de cinzas da cozinha agora ficava em seu quarto.
Und der Müll wurde bis zum Abholtag in seinem Zimmer aufbewahrt.
E o lixo era guardado no quarto dele até o dia da coleta.

Das Dienstmädchen warf alles, was sie nicht brauchte, in sein Zimmer.

A empregada jogou tudo o que não precisava no quarto dele.

Zum Glück sah er nichts weiter als die Hand und den Gegenstand.

Felizmente, ele não viu mais do que a mão e o objeto.

Sie hatte wahrscheinlich vor, die Sachen später abzuholen.

Ela provavelmente pretendia voltar mais tarde para buscar as coisas.

Oder vielleicht wollte sie einfach alles auf einmal wegwerfen.

Ou talvez ela quisesse se desfazer de tudo de uma vez.

Doch alles blieb dort, wo es ursprünglich gelandet war.

No entanto, tudo permaneceu exatamente onde havia caído inicialmente.

Es sei denn, Gregor bewegte den Schrott, indem er sich hindurchzwängte.

A menos que Gregor tenha movido a sucata se espremendo por entre ela.

Zuerst musste er sich durch den ganzen Schrott hindurchkriechen.

No início, ele foi obrigado a rastejar por entre toda a sucata.

Es gab für ihn keine Möglichkeit, dies zu vermeiden.

Não havia possibilidade de ele evitar fazê-lo.

Später fand er jedoch tatsächlich Freude an dieser Tätigkeit.

Mas, mais tarde, ele acabou descobrindo prazer nessa atividade.

Diese Anstrengung hinterließ ihn jedoch traurig und zutiefst erschöpft.

Embora tal esforço o deixasse triste e profundamente cansado.

Und danach war er viele Stunden lang bewegungsunfähig.

E depois disso ele ficou impossibilitado de se mover por muitas horas.

Die Untermieter aßen manchmal im Wohnzimmer.

Os hóspedes às vezes faziam suas refeições na sala de estar.

Die Wohnzimmertür blieb an diesen Abenden geschlossen.

A porta da sala de estar permaneceu fechada naquelas noites.

Gregor hatte aber keine Schwierigkeiten, die Tür jetzt nicht zu öffnen.

Mas Gregor não teve dificuldade alguma em não abrir a porta naquele momento.

Selbst wenn die Tür offen war, schaute er nicht immer hinaus.

Mesmo quando a porta estava aberta, ele nem sempre olhava para fora.

Doch er legte sich in die dunkelste Ecke des Zimmers.

Mas ele se deitou no canto mais escuro do quarto.

Auch der Familie fiel seine mangelnde Aufmerksamkeit nicht auf.

A família também não percebeu a falta de atenção dele.

Doch einmal ließ das Dienstmädchen die Tür offen.

Mas houve uma vez em que a empregada deixou a porta aberta.

Die Tür blieb auch dann offen, als die Mieter zurückkehrten.

A porta permaneceu aberta mesmo quando os hóspedes retornaram.

Und die Tür war offen, als das Licht eingeschaltet wurde.

E a porta estava aberta quando a luz foi acesa.

Der Mann saß an dem Tisch, an dem die Familie zu Abend aß.

O homem sentou-se à mesa onde a família jantava.

Vater, Mutter und Gregor saßen dort in früheren Zeiten.

Pai, mãe e Gregor sentavam-se ali antigamente.

Sie entfalteten die Servietten und nahmen Messer und Gabeln.

Eles desdobraram os guardanapos e pegaram facas e garfos.

Die Mutter erschien mit einer Schüssel Fleisch in der Tür.

A mãe apareceu na porta com uma tigela de carne.

Dann kam die Schwester mit einer Schüssel voller Kartoffeln herein.

Então a irmã entrou com uma tigela cheia de batatas.

Die Untermieter beugten sich über die vor ihnen aufgestellten Schüsseln.

Os hóspedes se debruçaram sobre as tigelas colocadas à sua frente.

Der dichte Rauch des Essens stieg ihnen bis in die Nasen.

A fumaça densa da comida subia até seus narizes.

Aber sie hatten noch nicht entschieden, ob sie das Essen essen würden.

Mas eles ainda não tinham decidido se iriam comer a comida.

Vielleicht würden sie das Essen zurück in die Küche schicken.

Talvez eles devolvessem a refeição para a cozinha.

Der Mann in der Mitte schien die Autoritätsperson zu sein.

O homem sentado no meio parecia ser a autoridade no assunto.

Er schnitt das Fleisch an, um festzustellen, ob es zart genug war.

Ele cortou a carne para verificar se estava suficientemente macia.

Er war zufrieden mit dem Geruch und Aussehen des Essens.

Ele ficou satisfeito com o cheiro e a aparência da comida.

Die Mutter und die Schwester hatten sie ängstlich beobachtet.

A mãe e a irmã estavam observando-os com ansiedade.

Und sie begannen zu lächeln, begleitet von einem Seufzer der aufgestauten Erleichterung.

E começaram a sorrir com um suspiro de alívio acumulado.

Die Familie selbst wollte in der Küche essen.

A própria família iria comer na cozinha.

Doch zuerst ging der Vater nach den Untermietern sehen.

Mas primeiro o pai foi verificar como estavam os hóspedes.

Er verbeugte sich einmal und hielt dabei seine Arbeitsmütze in der Hand.

Ele fez uma reverência, segurando o boné de trabalho na mão.

Und er ging einmal im Kreis um den Tisch herum, zu jedem Gast.

E ele caminhou em círculo ao redor da mesa, parando em cada convidado.

Die Untermieter standen alle auf und murmelten in ihre
Bärte.
Todos os hóspedes se levantaram, resmungando em suas
barbas.
Nachdem er gegangen war, aßen sie in fast völliger Stille.
Depois que ele saiu, eles comeram em quase completo silêncio.
Gregor fand es seltsam, dass er Kaugeräusche hörte.
Gregor achou estranho conseguir ouvir alguém mastigando.
Kein anderer Aspekt des Essens schien Geräusche zu
verursachen.
Nenhum outro aspecto da alimentação parecia fazer qualquer
barulho.
Aber er konnte deutlich hören, wie Zähne aufeinander
knirschten.
Mas ele conseguia ouvir claramente os dentes rangendo.
Sie schienen ihm sagen zu wollen, dass er Zähne zum Essen
brauche.
Parecia que estavam lhe dizendo que ele precisava de dentes
para comer.
"Ohne Zähne im Kiefer kann man gar nichts machen."
"Você não pode fazer nada se suas mandíbulas não tiverem
dentes."
„Ich möchte etwas essen", sagte Gregor ängstlich.
"Eu gostaria de comer alguma coisa", disse Gregor, ansioso.
„Aber ich habe keinen Appetit auf das, was ihr alle esst."
"Mas eu não tenho apetite para o que vocês estão comendo."
„Seht euch an, wie diese Mieter essen, und ich verhungere
hier."
"Vejam como esses hóspedes comem, enquanto eu estou aqui
morrendo de fome."
Gregor dachte an diesem Abend zufällig an die Geige.
Gregor por acaso pensou no violino naquela noite.
Er hatte die Geige seit der Verwandlung nicht mehr gehört.
Ele não ouvia violino desde a transformação.
Doch dann, an diesem Abend, ertönte ein Geräusch aus der
Küche.
Mas então, esta noite, um som veio da cozinha.

Die Herren hatten ihr Abendessen bereits beendet.
Os senhores já haviam terminado o jantar.
Der mittlere Herr hatte begonnen, eine Zeitung zu lesen.
O homem do meio começou a ler um jornal.
Den beiden anderen Herren hatte er jeweils ein Blatt gegeben.
Ele havia dado uma folha para cada um dos outros dois cavalheiros.
Und nun lehnten sie sich zurück, lasen und rauchten.
E agora eles estavam recostados, lendo e fumando.
Als die Geige zu spielen begann, wurden sie aufmerksam.
Quando o violino começou a tocar, eles ficaram atentos.
Sie standen auf und gingen auf Zehenspitzen zur Tür des Vorzimmers.
Eles se levantaram e caminharam na ponta dos pés até a porta da antessala.
Hier standen sie eng beieinander und lauschten an der Tür.
Ali estavam eles, encolhidos juntos, escutando atrás da porta.
Die Familie muss die Männer aus der Küche gehört haben.
A família deve ter ouvido os homens de dentro da cozinha.
Denn der Vater rief sie und fragte sie:
Porque o pai os chamou e lhes perguntou:
"Ist die Geige für die Herren vielleicht unbequem?"
"Será que o violino não incomoda os cavalheiros?"
„Wenn Ihnen die Musik nicht gefällt, können wir sofort aufhören.“
"Se você não gostar da música, podemos parar imediatamente."
„Im Gegenteil“, sagte der mittlere der beiden Herren.
"Pelo contrário", disse o do meio dos cavalheiros.
Möchte die junge Dame in unserem Zimmer Geige spielen?
"A moça gostaria de tocar violino em nosso quarto?"
„Hier ist es definitiv viel komfortabler und gemütlicher.“
"É definitivamente muito mais confortável e aconchegante aqui."
Der Vater antwortete, als wäre er selbst der Geiger.
O pai respondeu como se fosse o próprio violinista.

"Oh bitte, das wäre wunderbar", rief der Vater.

"Oh, por favor, isso seria maravilhoso", exclamou o pai.

Die Herren kehrten ins Wohnzimmer zurück und warteten.

Os cavalheiros voltaram para a sala de estar e esperaram.

Bald darauf kam der Vater mit dem Notenständer ins Zimmer.

Logo depois, o pai entrou na sala com a estante de partituras.

Die Mutter kam mit dem Notenbuch ins Zimmer.

A mãe entrou no quarto com o livro de música.

Und die Schwester kam mit der Geige ins Zimmer.

E a irmã entrou no quarto com o violino.

Sie bereitete in aller Ruhe alles vor, um Geige zu spielen.

Ela preparou tudo com calma para tocar violino.

Die Eltern übertrieben ihre Höflichkeit und ihr Benehmen.

Os pais exageraram na sua polidez e boas maneiras.

Sie hatten zuvor noch nie Zimmer an Untermieter vermietet.

Eles nunca haviam alugado quartos para hóspedes antes.

Und sie trauten sich nicht einmal, auf ihren eigenen Stühlen zu sitzen.

E eles nem sequer se atreveram a sentar-se nas suas próprias cadeiras.

Statt sich hinzusetzen, lehnte sich der Vater gegen die Tür.

Em vez de se sentar, o pai encostou-se à porta.

Seine rechte Hand befand sich zwischen zwei Knöpfen seines Mantels.

Sua mão direita estava entre dois botões do casaco.

Der Mutter wurde jedoch von einem Herrn ein Stuhl angeboten.

A mãe, no entanto, recebeu uma cadeira oferecida por um cavalheiro.

Aber sie setzte sich an die Stelle, wo der Herr den Stuhl hingestellt hatte.

Mas ela sentou-se exatamente onde o cavalheiro havia colocado a cadeira.

Und er hatte den Stuhl nicht an einem bestimmten Ort aufgestellt.

E ele não havia colocado a cadeira em nenhum lugar
específico.
So saß die Mutter abseits von allen anderen in einer Ecke.
Então a mãe sentou-se afastada de todos, num canto.
Und schließlich begann die Schwester Geige zu spielen.
E finalmente a irmã começou a tocar violino.
**Die Eltern auf den gegenüberliegenden Seiten beobachteten
das Geschehen aufmerksam.**
Os pais, em lados opostos, prestaram muita atenção.
Und sie beobachteten jede Bewegung ihrer Hand genau.
E eles observavam atentamente cada movimento da mão dela.
Gregor war auch vom Geigenspiel fasziniert.
Gregor também se sentiu atraído pela música do violino.
**Und er wagte sich ein Stück weiter aus seinem Zimmer
hinaus.**
E ele se aventurou um pouco mais para fora do quarto.
Er hatte den Kopf schon im Wohnzimmer.
Ele já estava com a cabeça dentro da sala de estar.
**Er war stets sehr stolz darauf, besonders rücksichtsvoll zu
sein.**
Ele costumava ter muito orgulho de ser muito atencioso.
**Doch in letzter Zeit hinterfragte er seine Nachlässigkeit
kaum noch.**
Mas, recentemente, ele quase não questionou sua falta de
cuidado.
**Auch wenn er jetzt mehr Grund hatte, sich zu verstecken als
zuvor.**
Embora agora ele tivesse mais motivos para se esconder do
que antes.
**Weil sein Zimmer mit Staub und allerlei Schmutz bedeckt
war.**
Porque o quarto dele estava coberto de poeira e sujeira
diversa.
Die geringste Bewegung wirbelte allerlei Schmutz auf.
O menor movimento levantava todo tipo de sujeira.
Der ganze Dreck klebte an ihm: Staub, Haare, Essensreste.

Toda essa sujeira grudou nele: poeira, cabelo, restos de comida.

Er hätte den Schmutz am Teppich abreiben können.

Ele poderia ter esfregado a sujeira no tapete.

Das tat er mehrmals täglich.

Ele costumava fazer isso várias vezes ao dia.

Doch seine Gleichgültigkeit gegenüber allem war viel zu groß.

Mas sua indiferença a tudo era grande demais.

Deshalb hatte er keine Angst, noch ein Stück weiterzugehen.

Por isso, ele não teve medo de avançar um pouco mais.

Und er betrat den makellosen Wohnzimmerboden.

E ele passou para o chão imaculado da sala de estar.

Doch niemand bemerkte ihn oder schenkte ihm Beachtung.

No entanto, ninguém o notou, nem lhe deu atenção.

Die Familie war völlig in das Konzert vertieft.

A família estava completamente absorta pelo concerto.

Die Herren hingegen zogen sich zunächst zurück.

Os cavalheiros, por outro lado, inicialmente recuaram.

Und sie standen dicht hinter dem Notenständer der Schwester.

E eles ficaram bem atrás da estante de partituras da irmã.

Wenn sie hingesehen hätten, hätten sie die Noten sehen können.

Se tivessem olhado, teriam visto as notas musicais.

Dies hätte die Schwester natürlich beunruhigt.

Isso, é claro, teria incomodado a irmã.

Dann blieben sie am Fenster stehen, anstatt sich hinzusetzen.

Então, em vez de se sentarem, ficaram de pé junto à janela.

Mit den Händen in den Taschen redeten sie weiter.

Com as mãos nos bolsos, eles continuaram falando.

Sie blieben dort, während der Vater ängstlich zusah.

Eles permaneceram ali enquanto o pai observava ansiosamente.

Man hatte den Eindruck, dass sie andere Erwartungen hatten.

Tinha-se a impressão de que eles tinham outras expectativas.

Und es schien wirklich so, als wären sie enttäuscht gewesen.

E realmente parecia que eles tinham ficado desapontados.

Es schien, als hätten sie genug von der Vorstellung.

Parecia que eles já estavam fartos da apresentação.

Sie hatten zugelassen, dass die Geige ihren Frieden störte.

Eles haviam permitido que o violino perturbasse sua paz.

Und sie tolerierten die Musik nur aus Höflichkeit.

E eles só toleravam a música por educação.

Besonders beunruhigend war, wie sie den Rauch wegbliesen.

A forma como eles dissiparam a fumaça foi particularmente perturbadora.

Und dennoch spielte sie so wunderschön Geige.

E, no entanto, ela tocava violino tão lindamente.

Ihr Gesicht war leicht zur Seite geneigt, auf der Geige.

Seu rosto estava levemente inclinado para o lado, sobre o violino.

Ihr Blick wanderte traurig die Notenlinien entlang.

Seus olhos percorriam tristemente as linhas da música.

Gregor fühlte sich ein wenig mehr ins Wohnzimmer hineingezogen.

Gregor sentiu-se um pouco mais atraído para a sala de estar.

Er hielt den Kopf dicht am Boden, blickte aber nach oben.

Ele manteve a cabeça próxima ao chão, mas olhou para cima.

Vielleicht würde sich so der Blick seiner Schwester mit seinem treffen.

Talvez assim o olhar de sua irmã pudesse encontrar o dele.

Kann man wirklich sagen, dass er nur ein Tier war?

Será mesmo possível dizer que ele era apenas um animal?

War er etwa ein Tier, wenn ihn Musik so fesseln konnte?

Seria ele um animal se a música o cativava dessa forma?

Er hatte das Gefühl, ihm sei ein Weg zu unbekannter Nahrung gezeigt worden.

Ele sentiu como se lhe tivesse sido mostrado um caminho para uma nutrição desconhecida.

Vielleicht war dies die Nahrung, die ihm fehlte.

Talvez fosse esse o sustento que lhe faltava.

Er war fest entschlossen, zu seiner Schwester zu gelangen.

Ele estava determinado a chegar ao encontro de sua irmã.

Er wollte an ihrem Rock zupfen, um ihre Aufmerksamkeit zu erregen.

Ele queria puxar a saia dela para chamar sua atenção.

Er wollte ihr eine Art Einladung signalisieren.

Ele queria dar a ela um sinal de convite.

„Komm und spiel Geige in meinem Zimmer", wollte er sagen.

"Venha tocar violino no meu quarto", ele queria dizer.

Er wollte, dass sie für ihre wunderschöne Musik belohnt wird.

Ele queria que ela fosse recompensada por sua bela música.

"Niemand hier belohnt dich dafür, dass du Geige spielst."

"Ninguém aqui está te recompensando por tocar violino."

Er wollte sie nicht mehr aus seinem Zimmer lassen.

Ele não queria mais deixá-la sair do quarto.

Er wollte, dass sie so lange bei ihm blieb, wie er lebte.

Ele queria que ela ficasse com ele enquanto vivesse.

Zum ersten Mal hatte seine Verwandlung einen Vorteil.

Pela primeira vez, sua transformação trouxe um benefício.

Seine Missbildung würde ihm nun endlich noch von Nutzen sein.

Sua deformidade finalmente iria lhe ser útil.

Er wollte gleichzeitig an allen vier Türen sein.

Ele queria estar em todas as quatro portas simultaneamente.

Er wollte sie von allen Seiten anfauchen und anspucken.

Ele queria sibilar e cuspir neles de todos os ângulos.

Seine Schwester sollte nicht gezwungen werden, bei ihm zu bleiben.

Sua irmã não deveria ser obrigada a ficar com ele.

Er wollte, dass sie sich freiwillig dafür entschied, bei ihm zu bleiben.

Ele queria que ela escolhesse ficar com ele voluntariamente.
Sie wollte sich neben ihn setzen und sich zu ihm hinunterbeugen.
Ela ia sentar-se ao lado dele e inclinar-se para ele.
Und er wollte ihr von der Musikschule erzählen.
E ele ia falar para ela sobre a escola de música.
Er hatte die feste Absicht, sie auf die Akademie zu schicken.
Ele tinha a firme intenção de enviá-la para a academia.
Das hätte er allen schon letztes Weihnachten erzählt.
Ele teria contado isso a todos no último Natal.
War Weihnachten etwa schon wieder vorbei?
O Natal já passou mesmo?
Und er hätte sich von niemandem davon abbringen lassen.
E ele não teria deixado ninguém dissuadi-lo disso.
Doch dann setzte das Unglück allem ein Ende.
Mas então, o infeliz acidente interrompeu tudo.
Die Schwester wäre von ihren Gefühlen überwältigt gewesen.
A irmã teria ficado extremamente emocionada.
Und dann wäre Gregor bis auf ihre Schulter geklettert.
E então Gregor teria subido até o ombro dela.
Und er hätte sie getröstet, indem er ihren Hals geküsst hätte.
E ele a teria consolado beijando seu pescoço.
„Herr Samsa!", rief der Mann in der Mitte dem Vater zu.
"Sr. Samsa!" chamou o homem do meio, dirigindo-se ao pai.
Er zeigte mit dem Zeigefinger nach unten auf Gregor.
Ele estava apontando com o dedo indicador para Gregor.
Gregor bewegte sich langsam über den Wohnzimmerboden.
Gregor estava se movendo lentamente pelo chão da sala de estar.
Das Geigenspiel verstummte sehr schnell.
O som do violino cessou muito rapidamente.
Der mittlere der drei Männer lächelte seine Freunde an.
O homem do meio dos três sorriu para seus amigos.
Dann schüttelte er den Kopf und blickte zurück zu Gregor.
Então ele balançou a cabeça e olhou para Gregor.

Der Vater hätte Gregor zurück in sein Zimmer schicken
können.

O pai poderia ter obrigado Gregor a voltar para o quarto.

Das war jedoch nicht die erste Maßnahme, zu der er sich
entschloss.

Mas essa não foi a primeira ação que ele decidiu tomar.

Er hielt es für wichtiger, die Herren zu beruhigen.

Ele achou que era mais importante acalmar os senhores.

Obwohl sie von Gregor eigentlich überhaupt nicht verärgert
waren.

Embora eles não estivessem realmente nada chateados com
Gregor.

Gregor schien unterhaltsamer als das Geigenspiel.

Gregor parecia mais divertido do que a apresentação de
violino.

Er eilte mit ausgestreckten Armen auf sie zu.

Ele correu em direção a eles com os braços estendidos.

Er gab sein Bestes, um ihren Blick auf Gregor zu verbergen.

Ele estava fazendo o possível para disfarçar a visão que eles
tinham de Gregor.

Und er versuchte, sie zur Rückkehr in ihr Zimmer zu
bewegen.

E ele tentou convencê-los a voltar para o quarto.

Das hat sie eher ein wenig verärgert.

Na verdade, isso os deixou um pouco irritados.

Es war aber schwer zu sagen, was genau sie störte.

Mas era difícil dizer exatamente o que os incomodava.

Der Vater verdarb die abendliche Unterhaltung.

O pai estava estragando a diversão da noite.

Aber sie hatten auch gerade erst von ihrem neuen
Mitbewohner erfahren.

Mas eles também tinham acabado de saber quem seria seu
novo colega de apartamento.

Sie hoben die Hände, genau wie der Vater es getan hatte.

Eles levantaram as mãos, assim como o pai havia feito.

Sie verlangten vom Vater eine sofortige Erklärung.

Eles exigiram uma explicação imediata do pai.

Sie zupften unruhig an ihren Bärten, um eine Antwort zu bekommen.

Eles puxavam inquietos as barbas em busca de uma resposta.

Und sie bewegten sich rückwärts in ihr Zimmer, aber sehr langsam.

E eles voltaram para o quarto, mas muito lentamente.

Die Unterbrechung hatte die Schwester in eine Trance versetzt.

A interrupção deixou a irmã em transe.

Sie ließ Geige und Bogen an ihrer Seite herabhängen.

Ela deixou o violino e o arco pendurados ao seu lado.

Und sie blickte auf die Notenblätter, als ob sie immer noch spielen würde.

E ela olhou para a partitura como se ainda estivesse tocando.

Doch dann zog sie sich plötzlich wieder ins Zimmer zurück.

Mas então, de repente, ela voltou para dentro do quarto.

Und sie hatte nun das Gefühl, verloren zu sein, überwunden.

E ela agora havia superado a sensação de estar perdida.

Sie legte das Musikinstrument auf den Schoß ihrer Mutter.

Ela colocou o instrumento musical no colo da mãe.

Die Mutter saß schwer atmend auf dem Stuhl.

A mãe estava sentada na cadeira, respirando com dificuldade.

Und dann musste die Schwester ins Nebenzimmer rennen.

E então a irmã teve que correr para o quarto ao lado.

Sie musste alles für die Herren vorbereiten.

Ela precisava deixar tudo pronto para os cavalheiros.

Sie warf die Decken und Kissen in die Luft.

Ela atirou os cobertores e as almofadas para o ar.

Und mit ihren geschickten Händen richtete sie die gesamte Bettwäsche her.

E com suas mãos habilidosas, ela arrumou toda a roupa de cama.

Sie war schon fertig, bevor die Herren den Raum erreichten.

Ela já havia terminado antes que os cavalheiros chegassem à sala.

Und sie verschwand, bevor sie ihnen in die Quere kam.

E ela escapuliu antes que eles ficassem no caminho.

Der Vater schien von seiner eigenen Sturheit beherrscht zu sein.

O pai parecia estar dominado pela sua própria teimosia.

Und so vergaß er jeglichen Respekt, den er seinen Mietern schuldete.

E assim ele se esqueceu de todo o respeito que devia aos seus inquilinos.

Er drängte und drängte, bis deren Sprecher Einspruch erhob.

Ele insistiu e insistiu até que o porta-voz deles se opôs.

Als er die Tür erreichte, stampfte er wütend mit dem Fuß auf.

Ele bateu o pé com raiva ao chegar à porta.

Und damit brachte er den Vater zum Schweigen.

E com isso, ele conseguiu paralisar o pai.

„Hiermit erkläre ich", begann er sich an seinen Vermieter zu wenden.

"Declaro, por meio deste documento", começou ele a dirigir-se ao seu senhorio.

Und er hob die Hand und blickte die ganze Familie an.

E ele levantou a mão, olhando para toda a família.

„Hinsichtlich der widerlichen Zustände im Zimmer;"

"Com relação às condições repugnantes do quarto;"

Und er sorgte dafür, dass alle seinen Worten zuhörten.

E ele se certificou de que todos estivessem ouvindo suas palavras.

"Hiermit kündige ich meinen Auszug aus meinem Zimmer."

"Venho por meio deste comunicar que irei desocupar meu quarto."

Und er unterstrich seine Aussage zusätzlich, indem er auf den Boden spuckte.

E ele reforçou seu ponto de vista cuspindo no chão.

„Auch die Tage, die ich hier gelebt habe, werde ich nicht bezahlen."

"Nem pagarei pelos dias que vivi aqui."

Mit dieser Rückerstattung war er allerdings nicht ganz zufrieden.

No entanto, ele não ficou totalmente satisfeito com esse reembolso.

„Und ich werde erwägen, weitere Forderungen an Sie zu stellen."

"E eu considerarei fazer outras exigências contra você."

„Glauben Sie mir, solche Forderungen lassen sich sehr leicht rechtfertigen."

"Acredite em mim, tais exigências serão muito fáceis de justificar."

Er schwieg und blickte den Vater direkt an.

Ele permaneceu em silêncio, olhando fixamente para o pai.

Er schien zu erwarten, dass noch etwas passieren würde.

Ele parecia estar esperando que algo mais acontecesse.

Tatsächlich hatten seine beiden Freunde sofort die gleiche Idee.

Na verdade, seus dois amigos tiveram imediatamente a mesma ideia.

„Wir stornieren auch unsere Zimmer", sagten sie unisono.

"Também estamos cancelando nossas reservas", disseram em uníssono.

Dann packte er den Türgriff und schloss die Tür.

Então ele agarrou a maçaneta e fechou a porta.

Und mit einem lauten Knall schlossen sie sich in ihrem Zimmer ein.

E com um estrondo alto, eles se trancaram no quarto.

Der Vater taumelte mit tastenden Händen zu seinem Stuhl.

O pai cambaleou até sua cadeira, tateando com as mãos.

Und er ließ sich besiegt in den Stuhl fallen.

E ele se deixou cair na cadeira, derrotado.

Es sah so aus, als ob er seinen üblichen Abendschlaf halten würde.

Parecia que ele ia tirar seu cochilo noturno de costume.

Sein Kopf nickte jedoch fast so, als ob er nicht gestützt würde.

Mas sua cabeça balançava quase como se não tivesse apoio.

Und man konnte sehen, dass er überhaupt nicht schlief.

E dava para ver que ele não estava dormindo nada.

Während all dem hatte Gregor sich nicht von der Stelle gerührt.

Durante todo esse tempo, Gregor não se moveu do lugar.

Er befand sich noch immer an der Stelle, wo die Herren ihn zuerst gesehen hatten.

Ele ainda estava no mesmo lugar onde os cavalheiros o tinham visto pela primeira vez.

Selbst wenn er umziehen wollte, fand er es unmöglich.

Mesmo que quisesse se mudar, achou impossível.

Entweder aus Enttäuschung oder aus Hunger.

Por causa de sua decepção, ou por causa de sua fome.

Er war enttäuscht über das Scheitern seines Plans.

Ele ficou desapontado com o fracasso de seu plano.

Und er war geschwächt von dem anhaltenden Hunger, den er verspürte.

E ele estava fraco devido à fome prolongada que sentia.

Er war sich sicher, dass sich jeden Moment alle gegen ihn wenden würden.

Ele tinha certeza de que todos se voltariam contra ele a qualquer momento.

In Erwartung des unmittelbar bevorstehenden Zusammenbruchs wartete er.

Com essa expectativa de colapso iminente, ele esperou.

Die Geige begann vom Schoß der Mutter zu rutschen.

O violino começou a escorregar do colo da mãe.

Mit einem ohrenbetäubenden Geräusch fiel die Geige zu Boden.

Com um som estrondoso, o violino caiu no chão.

Doch selbst dieses plötzliche Krachen ließ ihn nicht erschrecken.

Mas nem mesmo esse estrondo repentino o assustou.

„Liebe Eltern", sagte die Schwester, „so kann es nicht weitergehen."

"Queridos pais", disse a irmã, "isto não pode continuar."

Und um ihrer Aussage Nachdruck zu verleihen, schlug sie mit der Hand auf den Tisch.

E ela bateu com a mão na mesa para enfatizar seu ponto.

"Ich werde den Namen meines Bruders vor diesem Monster
nicht aussprechen."
"Não vou pronunciar o nome do meu irmão diante desse
monstro."
„Deshalb sage ich es so deutlich wie möglich:"
"É por isso que estou dizendo isso da forma mais direta
possível:"
„Uns bleibt keine andere Wahl, als dieses Tier
loszuwerden."
"Não temos outra opção a não ser nos livrarmos desse animal."
„Wir haben unser Bestes getan, um dieses Tier zu tolerieren
und zu pflegen."
"Fizemos o possível para tolerar e cuidar deste animal."
„Ich glaube nicht, dass uns irgendjemand auch nur im
Geringsten die Schuld geben kann."
"Não acho que alguém possa nos culpar minimamente."
„Sie hat tausendfach Recht", stimmte der Vater zu.
"Ela tem toda a razão", concordou o pai.
Die Mutter hatte noch immer nicht wieder richtig Luft
bekommen.
A mãe ainda não havia recuperado totalmente o fôlego.
Sie begann dumpf in ihre Hand zu husten und atmete
schwer.
Ela começou a tossir ruidosamente na mão, respirando com
dificuldade.
Und in ihren Augen begann sich ein wahnsinniger
Ausdruck abzuzeichnen.
E uma expressão insana começou a surgir em seus olhos.
Die Schwester eilte zu ihrer Mutter und hielt sich die Stirn.
A irmã correu até a mãe e levou as mãos à testa dela.
Der Vater schien von den Worten der Schwester inspiriert
zu sein.
O pai pareceu ter se inspirado nas palavras da irmã.
Und seine Gedanken schienen klarer als zuvor.
E seus pensamentos pareciam estar mais claros do que antes.
Er hörte auf, mit dem Kopf zu nicken, und setzte sich wieder
aufrecht hin.

Ele parou de balançar a cabeça negativamente e sentou-se ereto novamente.

Und er spielte, in tiefes Nachdenken versunken, mit der Mütze seines Dieners.

E ele brincava com o chapéu de criado, absorto em pensamentos.

Die Teller der Mieter standen noch auf dem Tisch.

Os pratos dos inquilinos ainda estavam sobre a mesa.

Und manchmal blickte er zu dem schweigenden Gregor hinüber.

E às vezes ele olhava para o silencioso Gregor.

„Wir müssen versuchen, es loszuwerden", sagte die Schwester zu ihm.

"Precisamos tentar nos livrar disso", disse a irmã para ele.

Die Mutter war zu sehr mit Husten beschäftigt, um zuzuhören.

A mãe estava tão ocupada tossindo que não conseguiu ouvir.

„Das wird euch beide umbringen, ich sehe es schon kommen."

"Isso vai matar vocês dois, eu já consigo ver o que vai acontecer."

„Wir können nicht alle weiterhin so hart arbeiten wie bisher."

"Nem todos podemos continuar a trabalhar tão arduamente como fazemos."

„Und jeden Tag müssen wir nach Hause kommen und diese Qualen erleiden."

"E todos os dias temos que voltar para casa e enfrentar essa tortura."

„Wir können das nicht mehr ertragen. Ich kann das nicht mehr ertragen."

"Não aguentamos mais. Eu não aguento mais."

In einem letzten Tränenausbruch sank sie ihrer Mutter in die Arme.

Ela caiu nos braços da mãe num último acesso de lágrimas.

Die Tränen rannen ihr über das Gesicht und auf das ihrer Mutter.

As lágrimas escorreram pelo rosto dela e caíram sobre o rosto de sua mãe.

Und mit einer mechanischen Bewegung wischte sie sich die Tränen weg.

E ela enxugou as lágrimas com um movimento mecânico.

„Mein Kind", sagte der Vater mitfühlend.

"Minha filha", disse o pai, com voz compassiva.

In seiner Stimme lag tiefes Mitgefühl und Verständnis.

Havia profunda compaixão e compreensão em sua voz.

„Aber was sollen wir tun?", gestand er und gab zu, es nicht zu wissen.

"Mas o que devemos fazer?", confessou ele, sem saber.

Die Schwester zuckte nur hilflos mit den Schultern.

A irmã apenas deu de ombros, impotente.

Und ihr anfängliches Selbstvertrauen wich erneut Tränen.

E a confiança que ela tinha antes foi substituída novamente por lágrimas.

„Wenn er uns doch nur verstehen würde", sagte der Vater laut.

"Se ao menos ele nos entendesse", disse o pai em voz alta.

Und er fragte sich halb, ob Gregor es vielleicht verstanden hatte.

E ele meio que se perguntou se talvez Gregor tivesse entendido.

Die Schwester schüttelte unter Tränen heftig die Hand.

A irmã apenas apertou a mão dela violentamente enquanto chorava.

Und so signalisierte sie, dass man diese Idee gar nicht erst in Erwägung ziehen sollte.

E assim ela sinalizou que a ideia não deveria ser sequer considerada.

„Aber wenn er uns doch nur verstehen würde", wiederholte der Vater.

"Mas se ao menos ele nos entendesse", repetiu o pai.

Er schloss die Augen und dachte über die Antwort seiner Schwester nach.

Fechando os olhos, ele ponderou sobre a resposta da irmã.

"Wenn er verstünde, dass eine Vereinbarung mit ihm getroffen werden könnte."
"Se ele entendesse, um acordo poderia ser feito com ele."
„Aber unter den gegebenen Umständen..."
"Mas, com as coisas do jeito que estão..."
„Es muss weg!", rief die Schwester, „es ist der einzige Weg."
"Tem que ir embora", exclamou a irmã, "é o único jeito".
„Du musst den Gedanken loswerden, dass es Gregor ist."
"Você precisa se livrar da ideia de que seja Gregor."
„Dass wir das so lange geglaubt haben, ist unser eigentliches Unglück."
"O fato de termos acreditado nisso por tanto tempo é a nossa verdadeira desgraça."
„Aber wie kann es Gregor sein?", fragte sie ihren Vater.
"Mas como pode ser Gregor?", perguntou ela ao pai.
„Er wusste, dass ein solches Tier nicht mit Menschen zusammenleben kann."
"Ele sabia que um animal assim não pode coexistir com os humanos."
„Gregor hätte uns schon längst freiwillig verlassen."
"Gregor já teria nos deixado há muito tempo, por vontade própria."
„Das stimmt, dann hätten wir keinen Bruder mehr."
"É verdade, aí não teríamos mais irmãos."
„Aber wir könnten weiterleben und sein Andenken ehren."
"Mas poderíamos continuar a viver e honrar a sua memória."
„Aber dieses Ungeheuer verfolgt uns und vertreibt unsere Pächter."
"Mas essa fera nos persegue e expulsa nossos inquilinos."
„Es will ganz offensichtlich die ganze Wohnung in Besitz nehmen."
"É óbvio que quer tomar conta do apartamento inteiro."
„Dieses Biest will, dass wir auf der Straße schlafen."
"Essa fera quer nos fazer dormir na rua."
"Schau, Vater", rief sie plötzlich, "er bewegt sich schon wieder!"

"Olha, pai", ela exclamou de repente, "ele está se mexendo de novo!"

Und sie tat etwas, das selbst Gregor nicht verstehen konnte.

E ela fez algo que nem Gregor conseguiu entender.

Sie stieß sich von sich selbst ab, als wolle sie die Mutter opfern.

Ela se afastou bruscamente, como se estivesse sacrificando a mãe.

Und sie rannte hinter ihrem Vater her, um sich in Sicherheit zu bringen.

E ela correu para trás do pai em busca de alguma segurança.

Der Vater war nur deshalb so aufgebracht, weil seine Tochter es war.

O pai só estava agitado porque a filha estava.

Doch dann stand auch er auf und hob die Arme über sie.

Mas então ele também se levantou e ergueu os braços sobre ela.

Gregor hatte jedoch keinerlei Absicht gehabt, irgendjemanden zu erschrecken.

Mas Gregor não tinha nenhuma intenção de assustar ninguém.

Er hatte insbesondere nicht die Absicht, seine Schwester zu erschrecken.

Ele não tinha, de forma alguma, a intenção de assustar sua irmã.

Er wollte sich gerade umdrehen und zurück in sein Zimmer gehen.

Ele estava apenas tentando voltar para o seu quarto.

Doch in seinem sich verschlechternden Zustand war selbst das schwierig.

Mas, com o agravamento do seu estado, até isso se tornou difícil.

Und er konnte seine Beine nicht mehr vollumfänglich nutzen.

E ele já não tinha pleno uso de todas as pernas.

Also benutzte er seinen Kopf, um seinen Körper anzuheben und sich umzudrehen.

Então ele usou a cabeça para levantar o corpo e girar o corpo.
Er hielt inne und suchte in der Familie nach deren Zustimmung.
Ele fez uma pausa e olhou em volta, buscando a aprovação da família.
Seine guten Absichten schienen erkannt worden zu sein.
Ao que parece, sua boa intenção foi reconhecida.
Seine Bewegung hatte sie nur kurzzeitig erschreckt.
Seu movimento causou-lhes apenas um choque momentâneo.
Nun blickten sie ihn alle in unglücklichem Schweigen an.
Agora todos o olhavam em silêncio constrangido.
Die Mutter lag noch immer erschöpft im Sessel.
A mãe ainda estava deitada na poltrona, exausta.
Vater und Schwester saßen nebeneinander.
O pai e a irmã estavam sentados um ao lado do outro.
»Vielleicht lassen sie mich jetzt umdrehen«, dachte Gregor.
"Talvez agora eles me deixem dar meia-volta", pensou Gregor.
Und er setzte seine unbeholfene Drehbewegung fort.
E ele continuou fazendo seu movimento desajeitado de virar.
Er konnte die gelegentlichen Atemzüge der Anstrengung nicht unterdrücken.
Ele não conseguiu conter os suspiros ocasionais de esforço.
Und er war gezwungen, zwischendurch ein paar Mal Pausen einzulegen.
E ele foi obrigado a descansar algumas vezes nesse meio tempo.
Niemand drängte ihn jetzt zur Eile; es lag ganz bei ihm.
Ninguém o estava pressionando a se apressar agora; a decisão era dele.
Schließlich vollendete er die langsame und schmerzhafte Drehung.
Por fim, ele completou a curva lenta e dolorosa.
Er machte sich sofort auf den Weg zurück in sein Zimmer.
Ele imediatamente começou a caminhar de volta para o seu quarto.
Er war erstaunt darüber, wie weit er von seinem Zimmer entfernt war.

Ele ficou surpreso com a distância em que estava do seu quarto.

Wie war er trotz seiner Schwäche zuvor dorthin gelangt?

Como, apesar de sua fraqueza, ele havia chegado lá antes?

Er war fast denselben Weg gegangen, ohne es zu bemerken.

Ele havia percorrido praticamente o mesmo caminho sem perceber.

Er konzentrierte sich jetzt nur noch darauf, so schnell wie möglich zu krabbeln.

Ele simplesmente se concentrou em rastejar o mais rápido que conseguia.

Das Ausbleiben von Kommentaren störte ihn nicht.

A ausência de comentários de qualquer pessoa não o incomodou.

Erst als er schon in der Tür war, drehte er den Kopf.

Só virou a cabeça quando já estava dentro da porta.

Aber er konnte sich nicht vollständig umdrehen und zurückblicken.

Mas ele não conseguiu se virar para olhar para trás completamente.

Denn er spürte, wie sich sein Nacken beim Umdrehen noch mehr versteifte.

Porque ele sentiu o pescoço enrijecer ainda mais ao se virar.

Doch er sah, dass sich hinter ihm ohnehin nichts verändert hatte.

Mas ele percebeu que, de qualquer forma, nada havia mudado atrás dele.

Der einzige Unterschied war, dass seine Schwester aufgestanden war.

A única diferença era que sua irmã havia se levantado.

Sein letzter Blick verriet ihm, dass seine Mutter eingeschlafen war.

Seu último olhar mostrou que sua mãe havia adormecido.

Sobald er in seinem Zimmer war, wurde die Tür geschlossen.

Assim que ele entrou no quarto, a porta foi fechada.

Und sobald die Tür geschlossen war, wurde der Schrank verriegelt.

E assim que a porta foi fechada, a fechadura foi trancada.

Gregor erschrak über das unerwartete Geräusch hinter ihm.

Gregor ficou assustado com o barulho inesperado atrás dele.

Und vor lauter Überraschung knickten seine Beine unter ihm ein.

E suas pernas fraquejaram sob o peso do corpo devido ao súbito susto.

Es war seine Schwester, die hinter ihm zur Tür geeilt war.

Foi a irmã quem correu até a porta atrás dele.

Sie stand bereits aufrecht da und wartete auf ihn.

Ela já estava ali de pé, ereta, esperando por ele.

Dann machte sie einen leichten Sprung nach vorn, ohne dass Gregor es hörte.

Ela então deu um pequeno salto para a frente, sem que Gregor ouvisse.

"Endlich!", rief sie laut, als sie den Schlüssel umdrehte.

"Finalmente!" exclamou ela em voz alta, enquanto girava a chave.

„Was nun?", fragte sich Gregor, allein in der Dunkelheit.

"E agora?", perguntou-se Gregor, sozinho na escuridão.

Er merkte bald, dass er sich überhaupt nicht mehr bewegen konnte.

Ele logo descobriu que não conseguia mais se mover.

Doch seine Unbeweglichkeit überraschte ihn nicht wirklich.

Mas ele não ficou realmente surpreso com a sua imobilidade.

Sich auf so dünnen Beinen fortbewegen zu können, erschien lächerlich.

A ideia de conseguir se mover com pernas tão finas parecia ridícula.

Er wusste nicht, wie ihm das jemals gelungen war.

Ele não sabia como alguma vez tinha conseguido fazer aquilo.

Abgesehen davon fühlte er sich aber relativ wohl.

Mas, tirando isso, ele se sentia relativamente confortável.

Es stimmt, dass er am ganzen Körper tiefe Schmerzen verspürte.

É verdade que ele sentiu uma dor profunda por todo o corpo.

Doch der Schmerz schien immer schwächer zu werden.

Mas a dor parecia estar diminuindo cada vez mais.

Und er hatte das Gefühl, der Schmerz würde irgendwann verschwinden.

E ele sentia que a dor acabaria por desaparecer.

Er spürte den faulen Apfel in seinem Rücken kaum noch.

Ele mal sentia mais a maçã podre nas costas.

Er dachte mit Rührung und Liebe an seine Familie zurück.

Ele se lembrou de sua família com emoção e amor.

Er spürte die Gefühle seiner Schwester noch stärker als sie selbst.

Ele sentia as emoções da irmã ainda mais intensamente do que ela própria.

Sie hatte Recht mit dem, was sie gesagt hatte; er musste gehen.

Ela tinha razão no que disse; ele precisava ir embora.

Er verbrachte einige Zeit in diesem leeren und friedlichen Zustand.

Ele passou algum tempo nesse estado vazio e pacífico.

Die Uhr schlug dreimal, leise, aber bestimmt.

O relógio bateu três vezes, silenciosamente, mas com firmeza.

Gregor wurde sanft aus seinen Betrachtungen gerissen.

Gregor foi gentilmente retirado de seus devaneios.

Er beobachtete, wie das Morgenlicht langsam in sein Zimmer drang.

Ele observou a luz da manhã entrar lentamente em seu quarto.

Dann sank sein Kopf völlig nach unten, ohne dass er es wollte.

Então, sua cabeça afundou completamente, sem que ele quisesse.

Und sein letzter Atemzug entwich schwach aus seinen Nasenlöchern.

E seu último suspiro escapou-lhe fracamente das narinas.

Das Dienstmädchen kam früh am Morgen in sein Zimmer.

A empregada entrou no quarto dele de manhã cedo.

Bei ihrem üblichen kurzen Besuch fand sie nichts Ungewöhnliches vor.
Ela não encontrou nada de anormal durante sua visita curta de costume.
Aus Kraft und in Eile knallte sie alle Türen zu.
Com força e pressa, ela bateu todas as portas.
An ruhigen Schlaf war in der gesamten Wohnung nicht zu denken.
Não era possível dormir tranquilamente em todo o apartamento.
Sie war gebeten worden, dies morgens zu vermeiden.
Ela havia sido orientada a evitar fazer isso pela manhã.
Sie glaubte, er läge absichtlich so regungslos da.
Ela pensou que ele estava deitado ali tão imóvel de propósito.
Vielleicht wollte er ihr zeigen, dass er beleidigt war.
Talvez ele quisesse mostrar a ela que estava ofendido.
Sie vertraute darauf, dass er über alle Arten von Intelligenz verfügte.
Ela confiava que ele possuía todo tipo de inteligência.
Sie hielt zufällig den langen Besen in der Hand.
Por acaso, ela estava segurando a vassoura comprida na mão.
Also versuchte sie von der Tür aus, Gregor ein wenig zu kitzeln.
Então, da porta, ela tentou fazer cócegas em Gregor.
Sie war etwas verärgert darüber, dass er überhaupt nicht reagierte.
Ela ficou um pouco irritada porque ele não respondeu.
Deshalb stieß sie ihn diesmal etwas energischer an.
Então, desta vez, ela o empurrou com um pouco mais de firmeza.
Als er keinen Widerstand leistete, sah sie genauer hin.
Como ele não ofereceu resistência, ela olhou mais de perto.
Bald begriff sie, was Gregor wirklich zugestoßen war.
Ela logo percebeu o que realmente havia acontecido com Gregor.
Sie öffnete die Augen noch weiter und pfiff vor sich hin.
Ela abriu bem os olhos e assobiou para si mesma.

Doch sie zögerte nicht lange, bevor sie die Tür öffnete.
Mas ela não perdeu muito tempo antes de abrir a porta.
Und sie rief mit lauter Stimme in die Dunkelheit:
E ela gritou em alta voz na escuridão:
"Komm und sieh es dir an, da liegt es, völlig tot."
"Venham ver, está ali, completamente morto."
Die beiden Eltern saßen aufrecht in ihrem Ehebett.
Os dois pais estavam sentados eretos em sua cama de casal.
Zuerst mussten sie den Lärmschock überwinden.
Primeiro, eles tiveram que superar o choque do barulho.
Doch dann begannen sie langsam, ihre Botschaft zu verstehen.
Mas então, aos poucos, eles começaram a entender a mensagem dela.
Herr und Frau Samsa sprangen jeweils von ihrer Seite des Bettes.
O Sr. e a Sra. Samsa saltaram cada um para o seu lado da cama.
Herr Samsa warf sich die dicke Decke über die Schultern.
O Sr. Samsa jogou o cobertor grosso sobre os ombros.
Und Frau Samsa kam nur im Nachthemd heraus.
E a senhora Samsa saiu vestindo apenas sua camisola.
Und so gelangten sie in Gregors Zimmer.
E foi assim que eles entraram no quarto de Gregor.
Inzwischen hatte sich auch die Tür zum Wohnzimmer geöffnet.
Entretanto, a porta da sala de estar também se abriu.
Grete hatte dort geschlafen, seit die Mieter eingezogen waren.
Grete dormia ali desde que os inquilinos se mudaram.
Sie war vollständig angezogen, als hätte sie überhaupt nicht geschlafen.
Ela estava completamente vestida, como se não tivesse dormido nada.
Ihr blasses Gesicht schien ebenfalls ihren Schlafmangel zu beweisen.
Seu rosto pálido também parecia comprovar a falta de sono.

„Er ist tot?", fragte Frau Samsa und blickte die Magd an.
"Ele está morto?" perguntou a Sra. Samsa, olhando para a empregada.
Das hätte sie selbst überprüfen können, indem sie ihn angesehen hätte.
Ela poderia ter confirmado isso olhando para ele com os próprios olhos.
„Ich glaube schon", sagte das Dienstmädchen und hob den Besen auf.
"Acho que sim", disse a empregada, pegando a vassoura.
Und sie schob seinen Körper ein langes Stück über den Boden.
E ela empurrou o corpo dele por uma longa distância no chão.
Frau Samsa machte eine Bewegung, als wolle sie sie aufhalten.
A senhora Samsa fez um movimento como se quisesse impedi-la.
Doch am Ende ließ sie das Dienstmädchen Gregor herumschieben.
Mas no fim, ela deixou a empregada levar Gregor para lá e para cá.
„Nun", sagte Herr Samsa, „endlich können wir Gott danken."
"Bem", disse o Sr. Samsa, "finalmente podemos agradecer a Deus."
Er bekreuzigte sich; Kopf, Brust, Schultern.
Ele fez o sinal da cruz: cabeça, peito, ombros.
Und die drei Frauen folgten seinem religiösen Beispiel.
E as três mulheres seguiram seu exemplo religioso.
Grete, die den Blick nicht von der Leiche abwandte, sagte:
Grete, que não desviou os olhos do cadáver, disse:
„Seht nur, wie dünn er war! Er hat so lange nichts gegessen."
"Veja como ele está magro, faz tanto tempo que não come."
„Das Futter, das ich ihm jeden Morgen hinstellte, war immer unberührt."
"A comida que eu deixava para ele todas as manhãs permanecia intacta."

Tatsächlich war Gregors Körper völlig flach und trocken.

Na verdade, o corpo de Gregor era completamente plano e seco.

Dies war nun, da er am Boden lag, deutlicher zu erkennen.

Isso ficou mais visível agora que ele estava no chão.

Weil sein Körper nicht mehr von seinen Beinen hochgehalten wurde.

Porque seu corpo já não era sustentado pelas pernas.

Und weil es nichts anderes gab, was die Aussicht beeinträchtigte.

E porque não havia mais nada que distraísse a vista.

„Komm doch für eine Weile mit uns herein, Grete", sagte Frau Samsa.

"Entre conosco por um instante, Grete", disse a Sra. Samsa.

Während sie sprach, lag ein gequältes Lächeln auf ihren Lippen.

Havia um sorriso doloroso em seus lábios enquanto ela falava.

Grete folgte ihnen, blickte aber auch immer wieder zurück auf die Leiche.

Grete os seguiu, mas também olhou para trás, para o cadáver.

Das Dienstmädchen schloss die Tür und öffnete das Fenster ganz.

A empregada fechou a porta e abriu completamente a janela.

Es war noch früh, daher wäre die Luft normalerweise kalt.

Ainda era cedo, então o ar normalmente estaria frio.

Doch in der kalten Luft lag auch ein Hauch von Wärme.

Mas também havia uma mistura de calor no ar frio.

Wie eine sanfte Erinnerung daran, dass es nun Ende März war.

Como um lembrete suave de que já era o final de março.

Die drei Mieter verließen nun ebenfalls ihr Zimmer.

Os três inquilinos também saíram do quarto.

Sie schauten sich staunend nach ihrem Frühstück um.

Eles olharam em volta, maravilhados, à procura do café da manhã.

Das Frühstück wurde vergessen, wegen dem, was das Dienstmädchen gefunden hatte.

O café da manhã foi esquecido por causa do que a empregada encontrou.

„Wo gibt es Frühstück?", grummelte der mittlere Herr.

"Onde está o café da manhã?", resmungou o homem do meio.

Das Dienstmädchen legte den Finger an den Mund, um Ruhe zu gebieten.

A empregada levou o dedo à boca para pedir silêncio.

Und sie winkte den Herren hastig und stumm zu.

E ela acenou apressadamente e em silêncio para os cavalheiros.

Das Dienstmädchen geleitete die drei Herren in den Raum.

A empregada conduziu os três cavalheiros para dentro do quarto.

Und sie erklärte ihnen weiterhin, was geschehen war.

E ela continuou a explicar-lhes o que havia acontecido.

Und die drei Herren standen um Gregors Leichnam herum.

E os três cavalheiros ficaram em volta do cadáver de Gregor.

Mit den Händen in den Taschen blickten sie nach unten.

Com as mãos nos bolsos, eles olharam para baixo.

Das Morgenlicht hatte den Raum nun vollständig durchflutet.

A luz da manhã já havia inundado completamente o quarto.

Dann öffnete sich die Schlafzimmertür und Herr Samsa erschien.

Então a porta do quarto se abriu e o Sr. Samsa apareceu.

Auf der einen Seite saß seine Frau, auf der anderen seine Tochter.

De um lado estava sua esposa, e do outro, sua filha.

Herr Samsa trug inzwischen bereits seine Uniform.

O Sr. Samsa já estava vestindo seu uniforme.

Man konnte sehen, dass sie alle ein bisschen geweint hatten.

Dava para perceber que todos eles tinham chorado um pouco.

Grete drückte ihr Gesicht an den Arm ihres Vaters.

Grete pressionou o rosto contra o braço do pai.

„Verlassen Sie sofort meine Wohnung!", befahl Herr Samsa.

"Saia do meu apartamento imediatamente!" ordenou o Sr. Samsa.

Und er deutete auf die Tür, ohne die Frauen gehen zu lassen.

E apontou para a porta sem deixar as mulheres passarem.

„Was meinen Sie damit?", fragte der Mittelsmann verunsichert.

"O que você quer dizer?", perguntou o intermediário, desconcertado.

Und er gab sich alle Mühe, Herrn Samsa freundlich anzulächeln.

E ele fez o possível para sorrir docemente para o Sr. Samsa.

Die anderen beiden hielten ihre Hände hinter dem Rücken.

Os outros dois mantiveram as mãos atrás das costas.

Und sie rieben sich erwartungsvoll die Hände.

E esfregaram as mãos em antecipação.

Offenbar erwarteten sie einen lauten Streit.

Parecia que eles esperavam que houvesse uma discussão acalorada.

Aber sie schienen sich auf die bevorstehende Auseinandersetzung zu freuen.

Mas eles pareciam estar contentes com a discussão que se aproximava.

Sie dachten, der Streit würde zu ihren Gunsten ausgehen.

Eles achavam que a disputa seria a seu favor.

„Ich meine genau das, was ich eben gesagt habe", antwortete Herr Samsa.

"Quero dizer exatamente o que acabei de dizer", respondeu o Sr. Samsa.

Er ging mit seinen beiden Begleitern in einer geraden Linie.

Ele caminhava em linha reta com seus dois companheiros.

Und Herr Samsa ging direkt auf ihren Anführer zu.

E o Sr. Samsa abordou diretamente o líder da equipe.

Der Herr blieb zunächst stehen und blickte zu Boden.

O cavalheiro ficou parado, olhando para o chão.

Die Gedanken in seinem Kopf waren noch im Wandel.

O conteúdo de sua cabeça ainda estava se organizando.

"Gut, dann gehen wir", sagte er und blickte zu Herrn Samsa auf.

"Tudo bem, nós vamos", disse ele, e olhou para o Sr. Samsa.

Eine neue Demut schien ihn plötzlich ergriffen zu haben.
Uma nova humildade pareceu tê-lo dominado repentinamente.
Und er schien um Erlaubnis für diese Entscheidung zu bitten.
E ele parecia estar pedindo permissão para essa decisão.
Herr Samsa öffnete die Augen weit und nickte leicht.
O Sr. Samsa arregalou os olhos e assentiu levemente com a cabeça.
Die Herren folgten seinem Befehl unverzüglich.
Os cavalheiros acataram imediatamente a sua ordem.
Und sie machten tatsächlich große Schritte in den Flur hinein.
E eles realmente deram passos largos pelo corredor.
Seine Freunde hatten bereits aufgehört, sich die Hände zu reiben.
Seus amigos já haviam parado de esfregar as mãos.
Sie hatten mitgehört, wie das Gespräch verlaufen war.
Eles estavam ouvindo atentamente como a conversa se desenrolava.
Und nun rannten sie ihm nach, als ob sie Angst hätten.
E agora corriam atrás dele, como se estivessem com medo.
Es ist möglich, dass Herr Samsa sie immer noch von ihrem Anführer isoliert.
O Sr. Samsa ainda pode isolá-los de seu líder.
Sie zogen ihre Stöcke aus dem Stöckebehälter.
Eles retiraram os gravetos do recipiente.
Und sie verbeugten sich schweigend, bevor sie die Wohnung verließen.
E fizeram uma reverência silenciosa antes de saírem do apartamento.
Herr Samsa und die beiden Frauen traten aus dem Vorplatz.
O Sr. Samsa e as duas mulheres saíram do pátio da frente.
Aber eigentlich hatten sie keinen Grund, den Männern zu misstrauen.
Mas, na verdade, elas não tinham motivos para desconfiar dos homens.

Sie lehnten sich ans Geländer, um zu überprüfen, ob sie weg waren.

Eles se apoiaram no corrimão para verificar se eles tinham ido embora.

Die drei Herren kamen tatsächlich die Treppe herunter.

Os três cavalheiros estavam, de fato, descendo as escadas.

In einer bestimmten Kurve der Treppe verschwanden sie.

Em uma determinada curva da escada, eles desapareceram.

Und dann brachte die Treppe sie wieder in Sichtweite.

E então a escadaria os trouxe de volta à vista.

Dieses Erscheinen und Verschwinden wiederholte sich auf jeder Etage.

Esse fenômeno de aparecer e desaparecer se repetia em cada andar.

Doch schließlich waren sie fast am Ziel.

Mas, no fim, eles quase chegaram ao fundo.

Je weiter sie gingen, desto uninteressanter wurden sie.

Quanto mais avançavam, mais desinteressantes se tornavam.

Alle kehrten erleichtert ins Haus zurück.

Todos voltaram para casa, como que aliviados.

Sie beschlossen, den Tag zum Ausruhen und für einen Spaziergang zu nutzen.

Eles decidiram aproveitar o dia para descansar e dar um passeio.

Sie waren der Meinung, dass sie sich diese Auszeit von ihrer Arbeit verdient hatten.

Eles sentiram que mereciam essa pausa no trabalho.

Sie hatten diese Auszeit nicht nur verdient, sie brauchten sie auch.

Eles não só mereciam essa pausa, como precisavam dela.

Sie setzten sich an den Tisch, um Entschuldigungsbriefe zu schreiben.

Eles se sentaram à mesa para escrever cartas de desculpas.

Herr Samsa verfasste seinen Entschuldigungsbrief an die Geschäftsleitung.

O Sr. Samsa escreveu uma carta de desculpas à sua gerência.

Frau Samsa schrieb ihren Entschuldigungsbrief an ihre Kunden.

A Sra. Samsa escreveu uma carta de desculpas aos seus clientes.

Und Grete schrieb ihren Entschuldigungsbrief an ihren Schulleiter.

E Grete escreveu sua carta de desculpas para a diretora.

Während alle schrieben, kam das Dienstmädchen ins Zimmer.

Enquanto todos estavam escrevendo, a empregada entrou no quarto.

Ihre Arbeit am Vormittag war erledigt, also ging sie nach Hause.

Como seu trabalho da manhã havia terminado, ela estava indo para casa.

Die drei Schriftsteller nickten zunächst, ohne aufzusehen.

Os três escritores assentiram com a cabeça a princípio, sem levantar o olhar.

Das Dienstmädchen schien aber noch nicht gehen zu wollen.

Mas a empregada parecia não querer ir embora tão cedo.

Sie wartete einen Moment, bis die drei Schriftsteller aufblickten.

Ela esperou um pouco, até que os três escritores levantassem o olhar.

„Na?", fragte Herr Samsa verärgert, genau wie die anderen.

"E então?" perguntou o Sr. Samsa, irritado, assim como os outros.

Das Dienstmädchen stand mit einem Lächeln im Gesicht in der Tür.

A empregada estava parada na porta com um sorriso no rosto.

Sie erweckte den Eindruck, gute Neuigkeiten zu verkünden zu haben.

Ela deu a impressão de ter boas notícias para dar.

Aber sie würde die Neuigkeit nicht preisgeben, solange sie nicht dazu aufgefordert würde.

Mas ela não ia compartilhar a notícia a menos que lhe perguntassem.

Die aufrecht stehende Straußenfeder an ihrem Hut schwankte leicht.

A pena de avestruz ereta em seu chapéu balançava levemente.

Diese Straußenfeder hatte Herrn Samsa schon immer geärgert.

Aquela pena de avestruz sempre incomodou o Sr. Samsa.

„Also, was wollen Sie dann?", fragte Frau Samsa bestimmt.

"Então, o que você quer?", perguntou a Sra. Samsa, firmemente.

Das Dienstmädchen hatte nach wie vor großen Respekt vor Frau Samsa.

A empregada ainda tinha muito respeito pela Sra. Samsa.

„Ja", antwortete sie und lachte freundlich auf.

"Sim", respondeu ela, e deu uma risada amigável.

Einen Moment lang unterbrach sie ihr Lachen und sie verstummte.

Por um instante, o riso a impediu de falar.

„Um das Ding nebenan brauchst du dir keine Sorgen zu machen."

"Você não precisa se preocupar com aquela coisa ao lado."

„Ich habe bereits dafür gesorgt, wie wir es loswerden."

"Já providenciei um jeito de nos livrarmos disso."

Frau Samsa und Grete schrieben ihre Briefe weiter.

A Sra. Samsa e Grete continuaram escrevendo suas cartas.

Herr Samsa bemerkte jedoch, dass das Dienstmädchen noch nicht fertig war.

Mas o Sr. Samsa percebeu que a empregada ainda não havia terminado.

Nun wollte sie alles genauer beschreiben.

Agora ela queria descrever tudo com mais detalhes.

Doch er streckte die Hand aus, um ihre Annäherungsversuche zurückzuweisen.

Mas ele estendeu a mão para rejeitar suas investidas.

Sie erkannte, dass sie an ihren Plänen kein Interesse hatten.

Ela percebeu que eles não estavam interessados em seus planos.

Und dann erinnerte sie sich an die große Eile, in der sie gewesen war.

E então ela se lembrou da grande pressa em que estava.

„Dann tschüss", sagte sie, sichtlich beleidigt über das mangelnde Interesse.

"Tchau então", disse ela, ofendida pela falta de interesse.

Bevor sie ging, knallte sie die Tür jedoch mit einem lauten Knall zu.

Mas antes de sair, ela bateu a porta com muita força.

„Sie wird heute Abend entlassen", sagte Herr Samsa.

"Ela será demitida esta noite", disse o Sr. Samsa.

Seine Frau und seine Tochter hatten jedoch keine Zeit, ihm zu antworten.

Mas sua esposa e filha estavam ocupadas demais para lhe responder.

Weil das Dienstmädchen ihren gerade erst gewonnenen Frieden gestört hatte.

Porque a empregada doméstica havia perturbado a paz recém-conquistada por eles.

Die Mutter und die Tochter standen auf und gingen zum Fenster.

A mãe e a filha se levantaram para ir até a janela.

Und so blieben sie mit den Armen umeinander liegen.

E permaneceram ali abraçados.

Herr Samsa drehte sich in seinem Stuhl um, um sie anzusehen.

O Sr. Samsa girou na cadeira para olhá-los.

Und eine Weile lang beobachtete er sie schweigend, wie sie dort standen.

E por um tempo ele os observou em silêncio, parados ali.

Schließlich rief er ihnen zu: „Willst du zu mir kommen?"

Finalmente, ele gritou para eles: "Vocês virão até mim?"

„Vergessen wir doch einfach all den alten Kram."

"Vamos esquecer tudo isso, certo?"

"Komm her und schenk mir ein wenig deiner
Aufmerksamkeit."
"Venha até mim e me dê um pouco da sua atenção."
Die beiden Frauen taten, wie er gesagt hatte, und eilten zu
ihm hinüber.
As duas mulheres fizeram o que ele disse e correram até ele.
Sie umarmten ihn herzlich und küssten ihn.
Eles o abraçaram afetuosamente e o beijaram.
Sie kehrten schnell zurück, um ihre Briefe fertig zu
schreiben.
Eles retornaram rapidamente para terminar de escrever suas
cartas.
Dann verließen alle drei gemeinsam die Wohnung.
Então, os três saíram juntos do apartamento.
Sie waren seit Monaten nicht mehr zusammen aus dem
Haus gegangen.
Eles não saíam de casa juntos havia meses.
Und sie fuhren mit der Straßenbahn an den Stadtrand.
E eles pegaram o bonde até os arredores da cidade.
Sie hatten den gesamten Waggon der Straßenbahn für sich
allein.
Eles tinham o vagão inteiro do bonde só para eles.
Von draußen strömte Sonnenschein durch das Fenster.
A luz do sol inundava o ambiente vindo de fora, através da
janela.
Die Familie lehnte sich bequem in ihren Sitzen zurück.
A família recostou-se confortavelmente em seus assentos.
Und sie besprachen die Aussichten für ihre Zukunft.
E discutiram as perspectivas para o futuro deles.
Bei näherer Betrachtung waren ihre Aussichten gar nicht so
schlecht.
Após uma análise mais detalhada, as perspectivas deles não
eram ruins.
Alle drei hatten Jobs mit dem Potenzial, mehr zu verdienen.
Os três tinham empregos com potencial para ganhar mais.
Sie hatten einander nie nach ihrer Arbeit gefragt.
Eles nunca haviam perguntado um ao outro sobre o trabalho.

Doch nun hatten sie endlich Zeit, solche Dinge zu besprechen.

Mas agora eles finalmente tinham tempo para discutir essas coisas.

Sie hatten auch die Möglichkeit, in eine kleinere Wohnung umzuziehen.

Eles também tiveram a opção de se mudar para um apartamento menor.

Dies hätte den größten Einfluss auf ihr Leben.

Isso teria o maior impacto em suas vidas.

Ihre jetzige Wohnung hatte Gregor ausgesucht.

O apartamento atual deles foi escolhido por Gregor.

Aber jetzt könnten sie in eine günstigere Gegend ziehen.

Mas agora eles poderiam se mudar para um lugar mais acessível.

Eine kleinere Wohnung, aber eine praktischere.

Um apartamento menor, mas num lugar mais prático.

Das Gespräch über die Zukunft machte Grete wieder lebendiger.

Falar sobre o futuro fez com que Grete se animasse novamente.

Herr und Frau Samsa bemerkten auch andere Veränderungen an ihr.

O Sr. e a Sra. Samsa também notaram outras mudanças nela.

Ihre Wangen waren vor lauter Sorgen ganz blass geworden.

Suas bochechas empalideceram devido a todas as suas preocupações.

Doch ihre Tochter entwickelte sich inzwischen zu einer feinen jungen Dame.

Mas agora a filha deles estava se transformando em uma dama elegante.

Sie war mittlerweile wirklich eine wohlproportionierte und hübsche junge Frau.

Ela era realmente uma jovem mulher bem-feita e elegante.

Ihre Eltern wurden still und bewunderten ihre Tochter.

Seus pais ficaram em silêncio, admirando a filha.

Sie wechselten Blicke und kommunizierten unbewusst.

Eles trocaram olhares, comunicando-se inconscientemente.

„Es wird bald an der Zeit sein, einen guten Mann für sie zu finden."

"Em breve chegará a hora de encontrar um bom homem para ela."

Die Straßenbahn hatte ihr Ziel erreicht und bremste ab.

O bonde chegou ao seu destino e diminuiu a velocidade.

Ihre Tochter schien ihre neuen Träume zu bestätigen.

A filha deles pareceu confirmar seus novos sonhos.

Sie war die Erste, die aufstand und ihren jungen Körper streckte.

Ela foi a primeira a se levantar e esticar seu corpo jovem.